U0098622

應用叢書

大學寫作基礎課程

提升寫作能力指引

高光惠、蔡忠霖、楊果霖、蘇玢徽
劉香蘭、劉智妙、張慧蓮　　編著

三民書局

國家圖書館出版品預行編目資料

大學寫作基礎課程：提升寫作能力指引／醒吾技術學
院通識中心國文教學研究會,高光惠,蔡忠霖,楊果
霖,蘇玢徽,劉香蘭,劉智妙,張慧蓮編著.－－初版一
刷.－－臺北市：三民，2009
　　面；　　公分.－－(應用叢書)
參考書目：面
ISBN 978-957-14-5248-7　（平裝）
1.寫作法

811.1　　　　　　　　　　　　　　　　　98016049

ⓒ　大學寫作基礎課程
　　　　——提升寫作能力指引

編 著 者	醒吾技術學院通識中心國文教學研究會
	高光惠　蔡忠霖　楊果霖　蘇玢徽
	劉香蘭　劉智妙　張慧蓮
責任編輯	袁于善
美術設計	郭雅萍
發 行 人	劉振強
發 行 所	三民書局股份有限公司
	地址　臺北市復興北路386號
	電話　(02)25006600
	郵撥帳號　0009998-5
門 市 部	(復北店)臺北市復興北路386號
	(重南店)臺北市重慶南路一段61號
出版日期	初版一刷　2009年9月
編 　 號	S 810620

行政院新聞局登記證局版臺業字第〇二〇〇號

有著作權·不准侵害

ISBN　978-957-14-5248-7　（平裝）

http://www.sanmin.com.tw　三民網路書店

代　序　寫在上課之前

　　這幾年每當我走進寫作教室時，從講臺上往下一望，一大批同學耳中塞著 MP3，頸上掛著 MP4，手中耍弄著 NDS 或 PSP，他們成長在資訊產業蓬勃發展的年代，手中掌控著人類世代以來不敢想像的影音利器，靠著這些利器他們正在探索偵測這個世界——當然還有與他們一起長大的網際網路。這些利器比哪吒的風火輪、楊戩的方天畫戟還來得厲害，有時看這些學生活脫脫就像從神話走出來的人物，怪異又疏離，但別有一種興味。他們對影音及網路的了解，遠超過其父母師長，但對文字的駕馭能力卻不高。於是提高寫作能力的呼聲，如野火般自廟堂一路燒進校園。

　　然而寫作到底是什麼？美國的寫作教師娜坦莉・高柏說：「我有寫出世上最爛的垃圾的自由」①，而臺灣的寫作教師廖玉蕙卻說：「文學作品若只知墨守傳統，不敢自出新意，永遠只是二流作品⋯⋯」②，同樣是指導寫作的教師（也同樣出版教導寫作的書籍），東西方的看法竟然如此迴異，那寫作應該是什麼？我沒有答案，不過我比較傾向娜坦莉・高柏的想法，我們確實有寫爛作品

---

① 　娜坦莉・高柏，《心靈寫作》，心靈工坊，2002 年，頁 39。
② 　廖玉蕙，《文字編織》，三民書局，2007 年，頁 71。

的自由，不過那是寫作初期的特權，你不可能天天消耗這個「自由」。

好了！現在換成寫作老師要傷腦筋，該怎麼和這群成天探索世界，卻無法靜下心來筆耕的學生，一同進行寫作冒險。這批新世代學生貼圖的能力，遠超過他們駕馭文字的能力；網誌寫得煞有其事，讀來卻輕飄飄的從生活的表層飄過。娜坦莉・高柏在《狂野寫作》這本書中引用坂本七尾的話：「（寫作）不是天賦的才華，而是如實地掌握內心深處的經驗……」③，寫作確實需要掌握內心深處的感受，再以文字重新呈現出來；我們的寫作課應該往這個方向發展，而非繼續傳統的「作文」教育④。所以傳統的作文課，無論臺上老師再怎麼努力講解起承轉合，臺下同學依舊搔頭苦思，因為那不是在寫內心的感受，而是必須「刻意」作出一篇文章。但難處也在這裡，因為從廟堂到家長，都急於看到成效，教師又不得不選擇可以看到成效的教材來使用，寫作課的兩難在此處畢露無疑。

最近在編寫本書教材，看了許多作家的感想，有一點極為相似，就是寫作的前提是多閱讀。多讀多看對寫作幫助很大，因為你可以從別人的觀點中，發現新大陸；也可以從別人的技巧中，練成新招式。但是這似乎不是重點，重點是透過閱讀，你會反思 (reflection)，不論技巧

---

③ 娜坦莉・高柏，《狂野寫作》，心靈工坊，2007 年，頁 39。

④ 作文指的是必須「做作」，不做作就沒有文章，這使得許多人在上作文課時，便面臨無法虛擬做作，視作文為畏途。

或觀點，你會有自己的想法。所以閱讀不是重點，重點是「反思」；外來的資訊，惟有經過內省與觀照反芻，才能蛻變成自己的觀點。這和《論語》所說的：「學而不思則罔」，有著異曲同工之妙。

　　所以上寫作課的老師們，不必急著希望看到班上同學一個個成為寫作高手，要給同學培養反思的能力與時間，作品自然就能出色；同學也不必怨嘆自己的寫作能力不佳、思路不順，只要按照寫作課的課表持續前進，一段時間之後，你將發現自己的寫作功力已比過去深厚多了。

　　本書為醒吾技術學院國文教學研究會的同仁，於課餘之暇所各自提出的心得或寫作實務指引教案，其中也包含了許多課堂上同學寫作的成品，希望能提供往後上此門課的老師與同學參考，也期望各界先進不吝指教。

高光惠　　98/09/08
於醒吾教學資源中心

大學寫作基礎課程
提升寫作能力指引
目次

第一篇

大學寫作概說

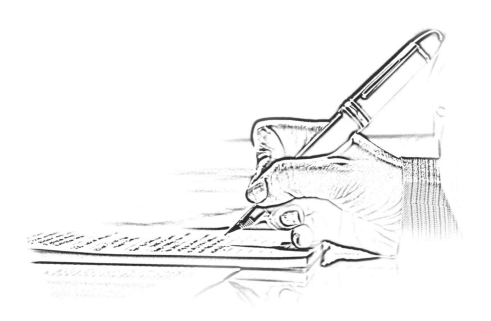

壹 從寫作的意涵與內容談大學寫作

當今國內的語文教育日益受到重視，提升學生語文能力之說不絕於耳，這顯示出其在教育上的重要性愈來愈受到正面的關注。這對整體教育的改革而言固然是一種進步，然則與語文能力最為直接相關的寫作訓練課程，在意涵上、內容上，乃至於講授方法上，都存在著不小的歧異，可以說是各行其是、自成一家。不同的教師培育出來的學生，所學及接受的訓練往往天差地遠，難以相提並論，能力的獲得與否也就無法掌控。其實，原本學生本身的用功程度、素質就存在著一定差別，如此一來學生上完寫作課後所應該被賦予的能力，就更加的有所出入。對於一門課程而言，這絕對不是個好現象。

歸咎其原因，這樣的情形應肇始於教師本身對於寫作課意涵及內容認知上的差異。雖然一門課程的講授端賴教師的學養及取捨，每個教師也或多或少都有自己的堅持與看法，難免在部分地方存在差別。但若在課程的根本意涵與內容認知上都有所不同，恐怕就難以為這門課的成果抱持某個程度的期待。因此，本文之作將從大學中寫作課程的意涵及內容談起，試著為大學寫作課程的內涵、內容作一番釐清，並針對大學寫作課程的講授方式提出淺見，期能對學生在語文能力訓練成效的提升有所幫助。

一、大學寫作的定位

　　提高大學生語文水準及運用能力，應該是當今大學語文課程最主要的目標。大學語文教育所應負起的責任，是將更貼近未來生活的語文必需能力賦予學生。換句話說，大學階段的學生應被授予較先前更專業的語文能力訓練。以此為出發點，大學的寫作課程在定位上就必須與國中、高中時期的寫作訓練切割，在能相互銜接，但又能持續成長的基礎下來進行。

　　在國內，國中、高中時期的寫作課在形式上往往是附屬在國文課之下的，彷彿是國文課的一份額外作業。雖然名目上或許有所謂的「作文課」，但缺乏正式的課程設計來作有計畫的、完整的訓練，於是只能藉由反覆的命題作文練習、批改來積累。這樣的結果，大概也只能消極的將成效寄託在反覆練習下學生自我的成長，或者是國文課本中古今範文所起的示範作用。無奈國文課較為學生所排斥的就是咬文嚼字，考驗背誦能力的文言文，因此這些範文對寫作能力的提升所能發揮的作用著實少得可憐。姑且先不說國文課根本不能和寫作課劃上等號，更何況如今國文授課時數一再的被壓縮、降低，原本吸收有限的語文知識，就更加的雪上加霜。

　　另外，國中、高中時期除了缺乏專屬寫作課程設計之外，作文課的訓練也只是一味的以應試為終極目標。因此，教師對於作品的要求也往往給人制式的、刻板的印象，一切僅以獲取升學考試高分為考量。為達此目的，甚而常出現學生背誦範文，臨題再換湯不換藥的將人物、關鍵語詞、場景加以改變的作文方式。這讓國中、高中時期的寫作課程呈現出嚴重僵化的現象，

因而年輕學子的語文能力在資訊爆炸的今日不是隨著資訊獲取量的增加而升高，反倒是江河日下、逐漸低落，到了令人嘆息的地步。這從今年 (2007) 大學國文學測的作文竟然有高達兩千多人拿到零分的情形可以看出端倪。

有鑑於此，在大學教育之中的寫作課程必須正視這些問題，亡羊補牢，試著為這個現象找尋化解的方法。首先，我們必須了解的是，在大學時期，是學生由青少年步入成年的階段，此時，學生的思維逐漸趨於成熟，也同時卸下為考試而作文的壓力，他們處於即將步入社會、承擔更多責任的過渡。在這個階段中，大學寫作課程的訓練對學生抱持的寄望不該單純的著眼在改善其語文能力，而應該在全面性的提升其人文素養才對。也就是大學寫作課程不單是一門語文教育，事實上它應該是一門立基於語文教育之上的文化素養教育、思維邏輯教育。我們期望學生在寫作課程中表達能力進步，那麼就必須在文字、口語的訓練背後給予更高層次的文化素養、思維邏輯上薰陶，讓寫作與生活合而為一。因為目標一旦正確了，才有振衰起弊的可能。

那麼，大學寫作課程在內涵上應該如何和國中、高中時期來作區隔？具體而言可從兩方面來談，其一是從題材上作區隔，第二是在方法上作區隔。

(一)題材上的區隔

在國中、高中時期的寫作訓練方式如前所述，較為簡陋。依據過去的求學經驗，經常是寫作課一上課，教師在黑板上寫下題目，教師簡單的講解（甚至沒有講解），然後學生開始寫作。

所寫的題目除了具有濃濃的應試味道之外，也經常與學生生活相互脫離。因為這些緣故，所作出來的作品缺乏真實情感及體驗，多流於空洞的表達。在大學之中，寫作課程的題材應與此切割，以貼近生活及未來應用為指標。當然，寫作的題材也必須注意到大學寫作教育與高中寫作教育的銜接及區別問題。至於具體的講授內容，將留待後文談論。

(二)方法上的區隔

在方法上，大學的寫作課程基本上必須由命題式的寫作進化成引導式的寫作，在大學寫作課程中不再適合由教師規定題目來進行創作。教師應轉而擔任引導的角色，不斷的與學生溝通及輔佐學生來從事創作，讓學生盡情馳騁自我的想像力、組織力、表達力。教師所應特別花時間著力的，不在於作品的批改，反而應該在過程的啟發及完成後的討論。同時尚必須引導學生平時的自我充實及積累，這方面國中、高中時期在升學壓力下並不講究，其實這也是造成學生語文能力低落的重要原因之一。另外，大學寫作課程應擺脫國中、高中時期以考試的方式來作評鑑的方式，因為那無法真實反映出學生的語文程度。事實上，學生分數不低，語文能力不高的情形經常在課堂可見。

每個學習階段都應有其清楚的定位，各種學科如此，寫作課也是如此。寫作課程絕對不是一連串單調的反覆練習及批改，也並非一味的寫、寫、寫就能使能力得到提升。所以認清楚當前教育上的問題及學生概況，設計一套適切的教材，運用理想的方法，才能發揮應有的效益。

二、大學寫作的意涵

　　「寫作」二字的意涵原是再明白不過，本不需要贅言解釋。只是寫作課程在當前教育中的角色曖昧，一方面許多學者鑑於年輕學子的語文程度日益低落，而大聲疾呼語文教育的重要；另一方面在實質的教育體系中，卻仍長期處於妾身未明、定位不清的狀況之下。於是在大學學程之中，寫作課的意涵就成了一項值得探討的議題。

　　「寫作」二字從字面上推敲，是寫文章、創作的意思。若照此看，寫作就應該是作家的專業，而寫作課程就成了培養作家的基本訓練。但事實上，學校中設立寫作課的用意根本不是在培養作家。學生之對於寫作課的疏離，其中有部分原因恐怕也是來自於這種對寫作課意涵認知上的誤解，因為他們覺得那是可有可無的藝術創作，是舞文弄墨的閒情雅致，甚至是與己無關的麻煩課程。相較於眾多專業科目的學習，寫作課是不值一哂的枝微末節。如果有了這樣先入為主的成見，學習成效上自然也因此大打折扣。

　　我們認為，就實際意涵而言，寫作並不是全然的藝術創作。甚至，若跳脫開其字面意義，它可說是一種個人思維的體現，同時也是一種個人能力的展現。在生活中，在職場上，我們無時無刻不與文字為伍，執筆寫字也罷，打字輸入也罷，人們必須藉由文字的訊息傳遞來表達自己的想法。誠然，傳遞訊息只要簡單方便，足以溝通即可，毋需多加講究。但作為一種「能力」，它所體現的不僅是訊息溝通，更重要的是來自個人獨特的素養。換句話說，文字的表達只是外在形式，重點不在文字可

以傳達什麼，而在於如何藉由文字來表達出個人的思維、才智及能力，這是身為一個高級知識分子所必須深刻了解的。且文字為思想、情感的直接顯露，可以說是一種生活上的實踐，這種實踐充斥在人與人之間，事實上沒有任何人能完全置身於其外。

　　大學的學程，是青少年步入成年的重要學習歷程，不管畢業後是持續深造，抑或是步入職場，這個階段的訓練都具有關鍵性的意義。就寫作而言，經過國中、高中的基礎訓練，應該已具備通順、流暢的表達能力，在大學階段就必須繼續在這項能力上朝著專業的目標前進，以之作為未來的競爭力。也就是以通順、流暢作為基礎，不論在形式上，或內容上，寫作在大學教育中應該進一步的被賦予更大的使命。因為，個人當前所學及未來所有成就的彰顯，藉由文字的呈現就可露出端倪。沒有具備專業水準的文字表達，再大的成就也難以為人所充分了解，自然對於國家社會的貢獻就無法進一步評估。

　　從精神上來看，南朝梁劉勰《文心雕龍・原道》曾經提及：「道沿聖以垂文，聖因文而明道」。後來唐代時韓愈主張「文以載道」、柳宗元主張「文以明道」基本上也是相同的觀點。他們一致認為沒有「道」的文章基本上是空洞的、沒有靈魂的、不成文的。這個「道」用今天的角度來解釋，可以說是「思維」與「內容」，也就是說就寫作論寫作，寫作只是個手段、形式，更重要的是所寫的東西要有「思維」及「內容」，而不是信手拈來、意隨筆走的空洞作品。而將自己的思維深化，藉由適當的格式、技巧的輔佐，表現在生活的實踐中，讓種種生活上必須的表達，具有獨特而專業的特色，充分顯露出個人的智慧及創

造力，這應該是大學寫作課程訓練中很重要的意義指標。

　　因此，在大學寫作課程的設計上，應該以專業能力的獲得為學習目標，使其無論升學或就業，都能適當的發揮其應有的表達技巧。如果提出幾種客觀的評估，我們認為在大學寫作課程的教育成效上，應該包括許多層面。那就是：學生能精確的記錄、敘述、評論人、事、物；能在文字上自我評估過去、現在、未來的得失；能在不同用途文書上做合乎格式且內容適切的表達；能夠擷取他人精華並作適當的評價；能夠完整的闡述自己的觀點，進而說服他人；可以藉由他人的創作激發出自己獨特的想法而不剽竊他人成果；可以嘗試以多種觀點來分析各種現象。……凡此種種都離不開專業能力的養成。

　　總而言之，大學寫作課程的宗旨並非著重在文學審美，也不傾向語文知識的記憶，而是說、寫等語文能力的正確運用。大學寫作課程的設計應該是貼近學生的生活及未來職業所需的，因為寫作本身就是一種生活的具體表現，這個表現足使人從中判斷其智慧、能力，一個人的專業素養高低也會在其寫作的作品中展露無遺。這也是在大學教育中首先應該被重視的一環。

三、大學寫作的內容

　　在大學以前的學程中，正常來說學生已經經過長期的基礎寫作訓練，本應該具備基本的文字表達能力才是。但事實上文字表達能力低落的情形在如今的大學生身上愈來愈容易見到，這是無法忽略的事實。面對這樣的情形，讓人不得不去考慮，到底在大學寫作的課程內容之中，是應該採取補救教學，回過

頭重拾基礎寫作訓練去改善他們的能力，還是依照一個大學教育實質的程度去延續應有的專業訓練？乍看之下，這問題頗有令人左支右絀、不知如何是好之感。但平實而論，若上了大學連最基本的文字表達都有問題，如何去面對各學科中更為高深的知識？再者，如果長時間的基礎寫作訓練都難以見到成效，如何去確定大學中的補救教學能起效用？

當然，在此提出這樣的疑問，並非認為先前的寫作教育、學生程度有問題，那就應該忽略它，不管它。而是寫作能力的提升並不端賴課堂上的教學，甚至我們可以說課堂上對學生寫作能力所能起的效用極為有限，大半的關鍵因素還在學生個人身上，例如他有沒有養成閱讀習慣、興趣就是一個很重要的問題。因此，我們認為在大學階段的寫作訓練內容，仍應以其應有的程度來進行，同時在學習的過程中關注到這些文字表達能力較差的同學，給予適時的鼓勵與協助，從培養其興趣做起，使其能主動的去閱讀，才能根本改變問題。而關於具體的教學方式，將留待後文討論。

那麼，大學的寫作課程在內容上應該教些什麼？這是個很大的問題，一定程度而言，還有些抽象。主要的原因是大學寫作課程從以往到現今，一直未得到正面的重視，整體而言缺乏充實的理論架構，因此從好的方面來看，只要能給予學生文字表達上的訓練，所有內容都可納入寫作課程中，在內容上是頗為開放的。從不好的方面來看，由於欠缺上課內容的討論及規劃，多少也讓這門課程在目標及效用上令人有所質疑。為此，以下我們想為大學寫作課程內容設計上提出一些看法，以作為教師教學上的參考。

　　前面說過，大學的學程教育應該延續其應有的專業訓練，而不是回頭去進行基礎的補救教學。就這層意義上而言，大學的寫作課程在精神上便應該從「基礎寫作」進化到「專業寫作」領域。這裡所謂的「專業寫作」並不是指小說、散文、劇本等的文藝創作，而是以「實用」、「生活」、「功能」為取向的寫作教學。就大學階段教育的宗旨來看，本就是培育未來社會人才的搖籃，希望學生在踏入社會後能在專職領域上發揮所長，以「實用」、「生活」、「功能」為取向的寫作教學正是以此作為目標的學習訓練。如果將國中、高中的寫作課程與大學寫作課程作為對比，可以說國中、高中階段的寫作課是命題寫作，是基礎的寫作。而大學寫作教學則是引導寫作，是應用的寫作。

　　專業寫作的內容應圍繞在個人專業能力上的強化，這些能力足以讓學生在未來生活、職場上多方應用，成為所學專業學科發揮的加值與助力。具體而言，專業寫作在內容上可分為兩個部分來談，其一是隱性的技巧訓練，如改寫、縮寫、續寫、擴寫、仿寫、摘要、賞析……。其二是實質的文書應用，像研究報告、採訪、報導、編輯、評論、企劃書、會議記錄、應用文……。在這些技巧及應用能力的訓練過程中，再去從旁糾正過去在基礎寫作訓練上的文字表達，雙管齊下，如此既能在大學的專業訓練上有所成長，亦能對過去不足的基礎有所補救，可能是較好的方式。

　　由於我國教育的長期不重視，在大學學程之中，寫作課除了缺乏規劃之外，也經常淪為學生眼中的「不營養」學分，覺得與其浪費時間在這樣的枯燥課程上，還不如讓學校多開一些專業課程，對未來有更多幫助。這完全是出自於對大學寫作課

程的認識膚淺所致。事實上從意義與價值，乃至於內容上來說，大學寫作都應被視為一門專業的訓練課程，原因是當學生踏出社會後沒有任何一種行業不需要優秀的語文表達能力，當一個人的語文表達能力不佳，辭不達意、文字錯亂，他就很難能將他的所學淋漓盡致的表現出來，這就猶如一名廚師習藝多年，臨到獨當一面、展現才藝之時，卻在器用上有所缺乏一般，勢將難以發揮。如此這般，空有一張執照（畢業證書）有何用處？既欲「善其事」，必先「利其器」，從這個角度來看，寫作課程不但應該被視為專業的課程，更應該成為各學科必修的重要基礎才是。而在內容的規劃上，自然也應朝著這個方向思考才是。

四、如何教授大學寫作

了解了大學寫作課程的意涵和內容，進一步要來談談教授的方法。雖然課程講授的技巧是見仁見智，且人人各有特色的，客觀而言，大致都各有優缺點，沒有絕對的好與壞。但有些原則則是課程中必須極力重視的，為此，以下將對大學寫作課程提出講授原則上的建議，希望在寫作課程的進行上能有些微薄的作用。至於方法的執行下文將只簡單提及，細部規劃則留待教師自行建構。

(一)課堂內外並重

現今由於社會經濟的快速發展，人們愈來愈習於與電腦、機器為伍，人際關係卻愈來愈疏離。反映在學生身上的是與教師之間互動日益退步，特別是在許多需要理論講解的課程中，其中寫作課便是如此。傳統寫作課程端賴課堂上的講解與習作，

在疏離的師生關係下益加造成學習的障礙，也導致了寫作課成效不彰的弊病。其實不論何種課程，在課堂上維持和諧的師生關係都是必要的學習條件。因此，就寫作課的課堂上而言，多微笑、適時的關懷學生、鼓勵學生、欣賞學生是應該被教師重視的一環。反過來說，原就理論的課程若板起臉孔，只負責授業，師生間沒有親密的互動，學生將失去許多學習上的動力，因為他們不敢表達意見，不能放膽的思考，當然也很難要求他們用心聽講，遑論吸收。

　　在課堂之外，一般而言，由於難以掌握，教師往往心有餘而力不足，多半呈現放棄狀態。事實上，如果以前述的良好互動為前提，課堂外的學習往往也能收到不錯的效果。如現今網路通訊極為發達，年輕學子經常運用電子郵件，及即時通訊的 MSN 等媒介來傳遞訊息，但除了 MSN 等本就隨意的談話性閒聊之外，學生在電子郵件上的撰寫也連帶受到影響，在我所收到的電子郵件中，來自學生的郵件往往連稱謂、署名也沒有，看不出是誰寫給誰，信中也僅三言兩語，辭不達意、吊兒郎當、嬉皮笑臉、錯字連篇，經常只能猜測其中的意思。雖然這裡頭的問題可以理解成年輕人的可愛、活潑、愛作怪，錯字也很可能是有意為之的火星文，本不必大驚小怪，太過嚴肅看待。不過這種情形若出現在日常閒話也就罷了，真正臨到有正經事要溝通，他們也往往跳脫不開這些窠臼。事實上，根據媒體調查，高達七成的年輕人會不自覺的將網路用語（字）運用在日常生活文件中，這對未來即將踏出社會，在職場發揮專業能力的大學生，無疑會削弱其專業形象及競爭力。

　　因此，在課堂之外，教師可嘗試建立多種溝通管道，例如

開放一定的課外諮詢時間，或者以電子郵件與學生聯絡。其中，要求學生以電子郵件溝通是特別值得花時間投入的方法，因為藉由電子郵件的往返，一來得以增進師生之間的情感，二來學生較容易接受也較有意願。當然最重要的是，這樣較能即時且真實的發現學生遣詞用句上的問題。從另一方面來看，藉著師生間電子郵件的往返，讓學生建立起電子郵件上的文字禮儀，慣於正確的表達方式，同時對於寫作能力的提升也是有著相當程度幫助的。此外，教師可以試著鼓勵學生在課堂之外進行「線上閱讀」。大致的作法是由教師在教學網頁或部落格轉載文章或網頁連結，要求學生上網瀏覽。並且利用 MSN、即時通等工具來進行心得分享，增加互動。凡此種種都是課堂之外值得一試的方法。

㈡閱讀寫作並進

眾所周知，寫作上的成長沒有捷徑，惟有寫作再寫作、練習再練習，但要想提升寫作能力除了練習寫作之外，還必須要憑藉長期的閱讀來累積實力。根據 2007 年 PIRLS（促進國際閱讀素養研究）的一項世界性的學生閱讀素養調查，因為興趣而保持經常性（每天或者幾乎每天）閱讀習慣的世界平均比率是 40%，而臺灣這類學生只占 24%，遠低於這個標準值①。另外，經濟合作發展組織 (OECD) 主辦的「學生基礎素養國際研究計畫」(PISA) 國際評比中，針對臺灣國中、五專、高中、高職及進修學校所作的調查，其閱讀素養也僅排名第十六，遠遜於鄰

---

① 見〈台灣學生課外閱讀表現差〉，《聯合報》，2007.11.30，A1 版。

近的韓國及日本②。雖然 PIRLS 研究的對象是國小學童，PISA
的評比對象也並非大學生，但由此亦可概見國內對閱讀倡導的
欠缺，且學習環境較單純、課業壓力並不算大的小學尚且如此，
國中、高中學生的閱讀力就可見一斑，表現在國家主力知識分
子的大學生身上，自然也就更加的不足。就此觀察，臺灣學生
長期以來寫作能力的日益下降，其實真的是其來有自啊！

　　一個人表達能力的成長，除了與年齡、學習有關，平日接
觸課外讀物的多寡直接決定了寫作能力的同步提升與否。因為
隨著年齡的成長，人們表達能力主要的進化在於表達的內容上。
而學習歷程上所研讀的教材，固然對寫作能力有著一定的影響，
但一來那與實際所需的閱讀量不成比例，二來教材的閱讀本身
即多以考試為前提，因此似乎著重在記憶力上。這與深究文章
內容及形式的有效閱讀有著很大的區別。這就是為什麼我們要
特別強調課外閱讀的主要原因。

　　那麼，閱讀力為什麼會影響到寫作力？從歷程上來看，閱
讀是為獲取更多更廣的知識，這些知識可說是寫作的基本素材。
在吸取知識的同時，也活化了自己的思維，因為閱讀者必須藉
由想像進入作者的世界。同時藉由眾多讀物的內容與形式上的
摹仿及融會貫通，得以將自己的思維更有條理、邏輯的表現出
來。因此寫作的教學過程，「讀」和「寫」是一體兩面，不可偏
廢，明白一點說，「寫」必須架構在「讀」之上，沒有培養閱讀
習慣及興趣，只在文字寫作上作要求，無非是捨本而逐末，緣
木而求魚。

---

② 　參教育部電子報 (http://epaper.edu.tw/)，2007.12.4。

　　既然閱讀對寫作而言如此重要，在寫作課的教程中便不能加以忽略。一般而言，在大學之中寫作課的課時十分有限，閱讀的工夫根本無法在課堂上推展，於是只能寄望學生在課外時間來自我積累。不過這層寄望由前面所提臺灣學生的閱讀率看來，顯然有些不切實際。因此，教師如何有效的引導學生閱讀就顯得十分的關鍵。而且，如何讓「閱讀」成為「悅讀」，恐怕才是教師必須優先考量的切入點。我們的建議是寫作課程的講課內容必須儘量的與指定學生課外閱讀的讀物相結合，也就是教師指定學生閱讀時要作好計畫，誘使學生去了解書中的觀點，並在閱讀完後進一步的討論及解析書中寫作技巧，訓練學生去擷取作者思想的精華，才有化他人寶藏為己用的可能。至於要讀些什麼？在此傾向認為只要具有文學性的作品，基本上都是可以的，甚至為引起學生的興趣，不妨請同學推薦書單會更好一些。哪怕是當紅的電影原著翻譯，只要翻譯得好，同樣對寫作能力的提升具有效用。

　　唐朝大詩人杜甫在〈奉贈韋左丞丈二十二韻〉一詩中曾寫下「讀書破萬卷，下筆如有神」的名句。今日我們多以此句詩勉勵學生多閱讀自然能寫得好。不過，多讀書固然好，但目前國內光是每年所出版的書就在一、兩萬種以上，在如此多的書籍之中，哪些是特別值得一讀的，哪些是可以走馬看花的，若沒有人引導，學生很難從中理出頭緒來。如同蘇軾在〈又答王庠書〉一文中說的：「書富如入海，百貨皆有之，人之精力，不能兼收並取，但得其所欲求者爾」。重點就在有限精力之下，這個「所欲求者」，教師要怎麼去設計。我們建議既然可讀之書既多且廣，不妨配合課程、配合節慶、配合新聞、配合時事、配

合電影……，讓它與生活產生相當的關聯，相信在讓「閱讀」
成為「悅讀」的理想中，會來得較容易得多。

(三)理論實作兼顧

　　傳統寫作課程在流程概觀上是重理論而輕實作的，這和舊
有的教育觀念息息相關。在過去，我們教育學生的方式停留在
安靜聽課，考好成績，並且也經常以此來衡量一個學生的「好」
與「壞」。久而久之，表現在臺灣學生身上的是他覺得只要扮演
好專心聽課的「好學生」就已經是高標準了。但這樣的學生在
學習態度上頗為消極，因為他們不好意思，也不會發問問題，
習慣以記憶的方式來應付學校眾多課業考試。在上寫作課時，
他們可能安分守己的聆聽教師滔滔不絕的講解，卻無法將教師
的講述轉化為能量，進而表現在字裡行間。因此，下場往往是
教師講得口沫橫飛，卻絲毫與學生的作品產生不了關聯。有時
看到作品，不禁心想：何必大費周章的講述理論？學生有聽沒
聽都一樣，理由是他們對於既有的上課模式感到麻木與不耐，
於是寫作課，只能流於「交作業」的一門課程！

　　對於這個問題，我們必須從寫作課的目的說起，寫作課之
存在既如前文是為了提高學生的人文素養、語文能力。然則教
師的講解若與學生產生不了關聯，那麼理論講授就失去意義，
學生在作品上也得不到實質的幫助。是以如何讓寫作課和學生
的生活「產生關聯」就成了很重要的一個課題。我們的看法是
整個課程的設計及寫作練習可以以「實作」為目標，這個「實
作」的意思是圍繞著學生切身生活而為，從學生所處環境切入，
充分運用與學生相關的媒體、素材、事件、流行、感情……，

其中當然也包括學生未來所必須面對的事物。例如學生熱愛上網展現自我，那麼當紅的部落格寫作就是一個很好的實作。

整體而言，實作型的寫作用意在讓學生走出課堂，接觸社會，同時也開展自我的視野，將寫作生活化。惟有與生活產生某種程度關聯的課程，才能激起其學習的心，如此再論及技巧的提升才有實現的可能。由於大學階段的學生普遍尚未有社會經驗，許多的學生將大部分時間花在網路、遊戲上，他們對客觀世界的認識較為膚淺、片面，表現在作品中多流於空談生活感受，以至於表達往往浮泛、制式，甚至沒有內容可言。因此，以「實作」為出發點的寫作練習，配合著生活、社會的脈動，可以讓學生經由接觸去反芻心中真實的經驗、情感，反映在字裡行間自然就好得多。

舉例而言，伴隨著教師設計或指定的閱讀計畫，可安排書評寫作的主題，讓學生試著去品評該書，陳述自己的看法。另外，像指導他們在校刊或報章雜誌上投稿，走出既有的課程範圍，鼓勵他們參與校內或跨校性的競賽，藉爭取名次建立自信、或者藉寫作課進行之便帶領他們編輯班刊，練習採訪與報導。其他如為學校即將舉辦的活動撰寫企劃書、文宣，編制學校、系科導覽……都是實作的例子，只要花點心思從學生的生活及角度想起，用心的經營寫作課，那麼寫作對於學生而言，就不再只是一門事不關己，且冷澀、枯燥的必修學分。

㈣文字語言兼及

語文能力綜合來說包含了聽、說、讀、寫四個項目，在臺灣學生的聽力及閱讀力由於自小接觸，通常不會有太大問題。

但在寫及說兩個方面卻因教學上的不夠注重，時而出現不小的落差。所謂寫及說，不僅僅是會寫字及會說話，更重要的是寫得通順、說得流暢，甚至是寫得適切、說得得體。從另一角度來看，學生若對外國語文的學習有所障礙倒還是小事，因為學習他國語文的隔閡本就很大，但若學生對於本國語文同樣存在著這些困擾，恐怕就非得好好正視不可，因為那很可能是在教育上存在著什麼大的問題了。

語言是思維的重要工具，語言表達也同時是未來個人在社會上、職場上展現能力的重要媒介。臺灣學生對於本國語文的能力日益下降，姑且先不論最常被論及的書寫能力嚴重低落，就連平日最常用的表達能力——「說」，也常常是辭不達意，這可謂是高學歷社會下知識分子的悲哀。

知名電視節目製作人王偉忠在 2007 年蒞校座談時，曾語重心長的鼓勵學生除專業科目之外，其實應該要修表演學。究其用意不外是鼓勵年輕學子要注重表達能力，或許在肢體動作、臉部表情上並非人人都能像演藝人員般收放自如，但最為基本的語言表達則是人人必須具備的。語言表達訓練的用意如同文字訓練並非在培育作家一般，重點不在讓個個學生舌燦蓮花，而是在於通順流暢的表達所要表達的意思。乍看之下這個目標實在低得可以，但用意雖淺，對現今置身大學中的學生而言，無法順心如意表情達意的情形卻並不罕見。這也相當程度凸顯了過去寫作課程設計及訓練的不足。

回顧過去的寫作教育，多少有些重文字輕語言的趨勢。在寫作的課堂上教師要求文字的表達要明、順、美、雅，但很少注意到語言才是表情達意最基本的工具。甚至可以說，人們在

思維如何下筆的過程中，其實還是以最熟悉的語言來進行思考的。當語言表達不能順利的表情達意，形諸書面的文字就根本不可能達到寫作課的預期目標。因此，我們主張文字、語言的訓練是要並重的，適時適量的在課程中安插學生的口頭表達，先讓他們有面對群眾侃侃而談的勇氣與膽識，再進而去要求言談間的條理及內容，如此才能較有效的將寫作的程度改善。

寫作課中伴隨文字作品的創作，可以安排學生作口頭上的報告，藉由口頭報告可以了解學生的想法及發掘學生的問題，同時也可提高學生的參與度。如果能及時發現學生的問題所在，才有矯正的可能。因此，除了在文字上作要求之外，也必須在口頭表達上有所規劃，當學生能夠在語言表達能力上有所提升，形之於文時自然也就容易相對的進步。否則，只重文字不及語言，在寫作課的意義上是捨本而逐末的。

㈤授課討論共構

在課程進行當中，除了解析寫作的技巧之外，我們強烈建議儘量運用時間來與學生進行討論，必要時盡可能縮短講課的時間，將時間挪出來與學生進行一對一、一對多的內容討論。因為每個學生想法不同，表達方式有別，遭遇困難各異，如果不能因材施教，及時發現其問題所在，一視同仁的結果，可能是在成效上大打折扣。再者，對於鎮日坐在位置上聽課的學生而言，如果能夠讓他們有參與課程的時間與機會，依據過去的教學經驗而言，通常學生對課程的評價及熱忱會較高。因此，寫作課應揚棄傳統全然單向的理論講述，多採取討論的方式來進行寫作引導。如此既可較輕易激起學生的熱情，在整個課程

的進行步調上也將更為活潑。

　　確定了討論在寫作課的重要性之後，接下來的問題是討論些什麼？以及如何討論？先說討論什麼，討論是一種在課堂上與學生溝通的重要方式，從反面而言，在課堂上有什麼是無法和學生溝通的呢？答案極為明顯。在寫作課程中主題、教材、技巧……都可以是討論的對象，但更重要的是對於作品的討論。作品的討論也可以分成兩部分來談，首先是他人的作品，教師所選的範例就是一個值得與學生討論的題材，透過集體的討論去發掘範例的特色、長處、缺點、技巧、構思……，有助於學生對於該主題的深入認識，也將會有助於自己作品的表達。其次是學生的作品，依據過去的教學經驗，學生對於彼此作品的興趣往往遠大於教師所擇範例，因此藉由學生作品的討論將可實際針對優缺點進行品評，效果經常是具體可見的。

　　至於要如何討論，這是個方法上的問題，原則上不會差異太大。但此處建議討論的程序最好先引導學生具體發表意見，再由教師加以修正或補充，才不會流於形式、學舌。同時，在討論學生作品時，亦可嘗試由作者本身先自行評價作起，一開始或許學生感到困惑、害羞，以致無法啟齒。但只要經過適當的引導，該學生對於該主題作品的認識，一定較諸讓教師直接品評要來得深刻得多，在整體表現上，自然也會好得多。如果討論時間有限，不妨採分組的方式為之，以組為單位來進行討論，在秩序上也會來得較容易掌控。大致而言，寫作課程不該只是在單向的授課中進行，在理論、技巧的講解外實施討論，不但會發現課堂上時而響起學生的笑聲，在成效上由於學生的注意力提升，也常會有意外的收穫，是值得投注時間的一項教

學措施。

㈥化被動為主動

　　這裡所提的化被動為主動含括了兩個意涵：一是教師的教學行為，另一則是指學生的學習行為。傳統的上課方式由教師教授理論，學生寫作練習，表面上看來教師主導課程走向，學生依題決定寫作內容，似乎也算得上是一種主動的學習方式。但實際上教師的授課幾乎只能局限在課堂上，無法掌握學生的學習動態，寫作既然應該成為一種生活方式，那麼就不該只在每週短短的課時上才產生關聯。另外，學生動筆寫作原就多少存在著「交作業」的心態，甚至對有些學生而言，他們覺得有出席、有交「作業」就代表著學分獲取的肯定。如此一來，在整體的成效上自然顯得薄弱，很難從中去期待學生得到實際的成長。

　　從教師的行為上來說，身為教師必須先明白一個重要的觀念，那就是無論自己專長、所教內容為何，當教師辛勤備課、教學、批改作品的同時，往往只是將自己所受的訓練方式加諸於學生身上，然後高度期待學生也能像自己一樣日益精進、受益匪淺。但是採用這種傳統的教學模式卻經常變成教師一頭熱，學生冷冰冰的狀態。原因是每個教師本身都有其先天或後天的局限，且學生的素質經常也是落差很大，無法一概而論。因此，在主動的教學模式中，教師應不斷的自我充實，並且聆聽學生的想法，進而與學生產生對話。學會從學生的立場思考問題，往雙向的、互動的教學方式靠攏，才能將原來被動的形勢化為主動。

　　而對於教師而言，也必須了解，只要對於學生寫作能力有
所幫助的方式，都值得去嘗試。從這個角度而言，課堂上的傳
道、授業、解惑固然重要，許多課堂之外的活動也都值得實施，
例如聆聽演講、舉辦競賽、鼓勵投稿……都是有效的好方法。
當然方法的使用因人而異，或許方法歸納起來不下千百種，但
最主要的還是必須揚棄被動期待學生能自我領悟、進步的念頭，
主動出擊，可能才是改變現實狀況的良方。

　　從學生的學習行為上來說，在大學寫作的課程設計上，最
好可以安排時間讓學生進行個人或分組的報告。如同討論時間
之必須存在，個人或分組報告的報告也能大幅提高學生對課程
的參與感，同時也讓課程的進行變得較生動活潑。因為藉由個
人的或分組的口頭報告，除了前述口頭表達能力的練習之外，
課堂的主角由教師變成學生，學生可以在課堂上主導所要表達
的內容，成為同儕間目光的焦點，學生也得以在彼此的報告中
彼此觀摩成長，這樣的條件較諸教師口沫橫飛、聲嘶力竭的講
述方式要來得有效得多。因此，分組報告也是讓學生學習方式
由被動轉為主動的好方法。不過，雖然個人式的或分組式的報
告對寫作課而言具有相當的效用，卻不宜太過頻繁，因為在報
告時，報告人雖然戰戰兢兢，但底下的同學往往因為「事不關
己」(非教師打分數的對象)而精神渙散，甚至聊天、作其他事，
無法專心聽同學報告，在秩序上較不易掌控。因此，水能載舟，
亦能覆舟，分組報告的進行既不可或缺，又必須適可而止，取
捨之間要用心去斟酌。

　　現代很流行以問題為導向的「問題學習法」(Problem-based
learning, PBL)，讓學生從發現問題——解決問題——獲得知識

的流程中去學習，因為如今資訊量爆炸，所需知識大增，光僅寫作課程，應該講授的、值得講授的，恐怕就不是短短每週一兩個鐘點的課時所能夠盡括，只靠教師單向的傳輸授課已不符潮流。藉由問題的剖析來引導學生進入狀況，找尋方法解決，以問題作為基礎導向，才能得到較高的成效，如最能給予學生啟發作用的研究報告寫作便是標準的問題教學導向。且這種方式強調知識的理解及應用，採取鼓勵學生主動的自我學習，並且利用過去所學知識嘗試解決問題，甚至在解決問題的過程中找出自我學習目標，這和傳統被動的學習方法有著根本上的差別，循此途徑當更能激發學生的潛能，開發學生獨當一面的自主思維。

㈦改抄襲為創意

網路的興起進而流行固然拉近了世界間的距離，也讓我們在聯絡、蒐集資料上更為便利，但是正由於它的便利，學生在點指間就能找到一大堆資料（有用的、沒用的），造成講究個人創意的寫作課經常變成美勞課，因為只要懂得剪貼他人作品即可交差了事。學生對於自己所剪貼的作品全然沒有了解的動機及目的，它純粹就是一份與己無關的文字作業，所以一討論起這份「作品」，一知半解者有之，全然不懂者也大有人在。當然，這種情形和過去國內對於著作權法的不夠講求也有關係。但不管原因為何，我們必須灌輸及導正學生一個重要的觀念，那就是抄襲代表思維的退步，且極可能會因此牽扯到法律上的責任問題。

在過去的教學經驗裡，時有學生靠剪貼、排版而繳交報告

者，許多教師經常是睜一隻眼閉一隻眼的讓學生含混帶過。就算是指出其誤，分析其中的得失，希望學生能深入去經營，進而產生創見時，常會遇到學生答以：研究報告的寫法「不是本來就這樣」？可見此弊積習之深。其實每個人都有與生俱來的創造力，且大部分人的創造力並不會有著很大的差異，除非在學習的過程中不去開發及發揮這項能力，只想從他人作品中擷取成果。否則經過學習、刺激思維進而產生創見，是人人皆可為之的，同時也是日後在社會上、職場上絕對必須具備的基本能力。抄襲反映了一般人投機取巧、短視近利的劣根性，同時也是整體國家社會進步的阻力。過去，我們曾因為忽視這方面的重要性，而得來「海盜王國」的汙名，如今怎能再重蹈覆轍？

平實而論，在寫作課程中特別是專業走向的實用寫作，雖然屢有學生因簡就便的抄襲現成作品，但分析其內在因素，除了少數有心混學分的學生外，多數以抄襲作品繳交作業的學生是由於不懂得如何去經營出自己的創見。他們固然私下頗有主見，但臨到要用時卻無法將自己的思維有組織的作出表達。關於這樣的情形，我們建議除了部分有既定格式、內容的寫作主題（如應用文）外，應從激發創意的前提入手，鼓勵他們以自己獨特的構想或方式來進行寫作，例如撰寫求職履歷就很需要創意，如何讓未曾謀面的人事主管，從自己精心設計的履歷中感受到自己的獨特，從而獲取理想的工作，就是一個很好的挑戰。另外，前文大學寫作的內容中所提諸項隱性技巧與實質文書的寫作，幾乎都可以讓自己大肆的發揮創意，展現個人的獨特風格。

至於如何引導學生去發揮個人創意，就是教師要特別費心

經營的地方。大體而言，既然是「創意」就沒有範本可套用，最常遇到的情形是學生固然有創意，卻是搞怪多過內容的表達，特別或許特別，但根本和寫作主題的內涵及需求不符。因此，我們認為，在訓練過程中，教師必須扮演好引導者的角色，例如引導學生去思考：關於這個主題，你有不同凡響的表達方式？如果沒有，一般的表達方式為何？與此相異的表達方式有哪些？對於一般常見的表達方式，有沒有再改造或延伸的可能？如果先從他人作品觀摩起，能不能覺察出其問題所在，進而對其不足處提出另類想法？……凡此，循序漸進、不厭其煩的帶領學生去嘗試，相信大多數因為不知如何營造創意的學生也能慢慢的從不抄襲開始作起，有了良好的第一步，目標也就指日可待了。

五、結　語

　　寫作是所有課程的核心，它甚至是學生步出學校後生活的基本能力，根據《商業周刊》報導，2004 年美國國家寫作委員會 (The National Commission on Writing) 在「寫作：工作入場券或出場券」(Writing: A Ticket to Work... Or a Ticket Out) 的研究報告中指出，良好的寫作能力已成為專業工作的必要條件。因為高達 50% 以上的受訪企業認為寫作能力是升遷的重要參考指標。其中服務業、財務、保險和不動產公司在招募人員時，超過 80% 的大型企業會將申請者的寫作納入考量③。世界趨勢如此，我們怎能反其道而行？

---

③　參吳錦勳，〈愈寫，愈聰明〉，《商業周刊》1012 期，2007.4.16，頁 84–92。

　　最後，如果說寫作課程的不受重視及意涵、內容定位的不清，是由來已久的沉痾。那麼，這樣的病症恐怕不是三言兩語即可療癒，客觀來看，也並非三年兩年可以收到顯著效果的。不過，由於學子的語文程度日漸低落，近一兩年來社會上逐漸注意到語文的重要。這在教育意義上，總是件好事。身為教師的一員，或許我們對於普遍程度大不如前的學生大搖其頭，甚至陷在一代不如一代的感嘆之中。但對於這樣現象，盡一己之本分，發揮個人之所長，從寫作的基本意涵與內容掌握起，相信在諸多棉薄之力的投入下，應該還是起著一定的作用。雖然個人教學經驗尚淺，學識猶嫌寡陋，但願藉此陋文扮演拋磚引玉的角色，希望更多的專家學者給予指正，為大學的語文教育注入新血，架構更完整理論基礎，讓寫作課程在大學教育中發揮其應有的實質效用。

大學生寫作能力改進方案

　　隨著中國經濟的快速起飛，全球興起學習中文的熱潮，反觀國內學子的中文能力，卻有普遍下降的趨勢，縱使身為大學生亦不例外，如果大學生連母語都無法運用自如，反而像是外語般的生疏，又如何能有更多競爭力呢？言語對話日漸俚俗，彷彿這樣的表達方式，才是臺灣人的本土特色，真是何其悲哀的事情啊！大學生的語言創作能力，業已日趨沒落，而空自擁有高學歷光環，卻無法擁有對等能力，顯然是令人感到憂慮之事。東吳大學教授、知名作家張曼娟曾有如下感嘆：

> 現在中文系大一學生，是十年前非中文系大一的程度；非中文系大一生的程度，只有十年前國中生的程度……，我們的未來世界就是由這些人營造，想到怎麼不憂慮？（林玉佩，2007: 68）

過去臺灣人的中文能力，一直是令人引以為傲之事，如今隨著教育政策失序，臺灣將不再成為復興中華文化的重鎮，而從大學生國文程度低落來看，恐怕我們還需要重新檢討教育政策，並且扭轉錯誤作法，才能重振學生的中文實力，而究竟應該如何重振中文創作能力，將是我們亟亟思考的議題。

　　香港教育局首席助理祕書長陳嘉琪指出：

> 閱讀和語文能力，是學會學習的重要工具，教育
> 不單是要培養「看得懂的能力」，還要培養「思考
> 能力」。（何琦瑜，2007: 50）

香港教育改革的決策者，已經意識到閱讀與創作分軌，而推動
閱讀的成效，較易獲得佳績；反之，推動創作的成效，則需要
時間研磨，才能逐漸顯現成效。一個人具有良好的閱讀能力，
並不等同於具有創作能力，是以香港的教改政策，乃是同時推
動閱讀活動，並兼具重視創作能力，而過去香港歷經英式的教
育，是以學生的中文程度，往往不及臺灣學子的優異。但是，
隨著香港收歸中國統治之後，在歷經教育改革之後，他們具備
的華語能力，顯然已經超越臺灣學生實力，這對於我們而言，
無疑是一大警訊。誠然，目前臺灣學生的閱讀能力，尚未有大
幅度落差，但是在語文創作方面，顯然已跟不上國際腳步，而
這種創作力的失落，顯然會阻礙學生的整體發展。現今大學生
的「專題研習」能力，業已拉起警報，他們在研習文獻的能力，
或許沒有太多困難，但看得懂學術論著，並不表示他們能理解
文獻的內涵，並且能吸收各種論著精華，評判其中得失，從而
架構出一篇優秀的論文報告。吳怡靜〈搶救被忽略的寫作力〉
一文，有著如下的報導：

> 寫作是學生必學的最重要技能之一，是讓學生將
> 所學知識串連起來、融會貫通的重要方法。（吳怡
> 靜，2007: 32）

寫作能力的下降，也使得年輕的學子，更難以應付研究需求，也使得研發能力日降，因而局限學生的學術發展，至於追根究柢，即是大學生在求學階段，未能好好培養文字表達能力，致使無法照應論文品質，反而需要更多時間，用以彌補學養不足之失，徒增許多的社會成本。在下文之中，筆者嘗試根據現行大學生面臨的寫作問題，擬出一些改進方案，期使年輕學子能重視寫作能力，更能創作出優秀的作品。

一、廣泛閱讀書報

廣泛的閱讀圖書，能夠突破現實框架，以便增廣更多見聞，而這些豐富見聞、知識，也都能成為我們的創作基礎。一個具有競爭力的國家，必定全民都能利用時間閱讀書報，藉以充實各種知識，而良好的閱讀習慣，也能有效提升寫作能力。臺灣學生創作詩文之時，往往思路受到阻限，僅藉由片斷的拼湊之法，是無法成就一篇優秀作品。然而，學生為何會有思路離斷之苦呢？如深究其原因，主要是未能建立閱讀習慣所致，如果他們能多閱讀各類書報，而不限於專業書籍，自然能在創作詩文之時，可以左右逢源，輕鬆寫意的完成作品。楊佳玲〈瑞典：我思故我寫——無處不寫作〉一文指出：

> 豐富的閱讀經驗，以及閱讀過程中的思索、討論，在在都是寫作訓練。除了文章前面提到的生活經驗、清晰思路是寫作重要基礎外，我發現閱讀更是豐富視野、讓感覺更深刻的重要工具。(楊佳玲，2007: 39)

誠然，閱讀能改進寫作能力，已是無庸置疑之事。因此，如要改進大學生不擅寫作之弊，必先培養他們的讀書習慣，如果要能寫出優秀作品，則必須廣泛接觸佳篇美構之作，才能提升自己的寫作能力，而其具體作法如下：

(一)閱讀各種撰著

　　白先勇曾經針對提升寫作能力，提出如下的建議：

> 每個人所能接觸的世界，總是很有限，但是閱讀這些古典小說（筆者案：指《三國演義》、《水滸傳》、《金瓶梅》、《紅樓夢》等小說），卻可以幫我們突破現實的框框，穿越時空，去體會各種人生的滋味。（謝其濬，2007：244）

白先勇雖然推薦中國古典的小說，足以讓讀者體會人生滋味，進而突破現實框架之限，而能有不同的領會。然而，除了學習中國傳統古典小說之外，其餘各種經典撰著，都值得我們多加重視，也惟有廣泛的閱讀各類圖書，才能成就寬廣視野，而未必限於傳統的小說作品，舉凡各種的經典論著、文藝創作，乃至於風俗信仰、法律經濟、自然生態等等，都值得我們放寬心胸，廣泛閱讀其中內容，才能提升個人創作成效。筆者曾先後執教於各大專院校，雖然偶有發現少數同學喜好文學作品，卻往往局限於現代的愛情小說，惟現代小說文學技巧稍差，兼以內容多為言情之作，主題偏於狹隘，很難有深刻內涵，而學生們縱使花費許多課餘時間，以廣泛的閱讀各種小說，卻於個人

文學涵養方面，難有突破性的進展。

杜甫曾云：「讀書破萬卷，下筆如有神。」萬卷圖書極為龐大，惟有吸收眾多圖書的內容、技巧，才能寫出神采飛揚，生動自然之作，由此可見，讀書對於創作力的提升，實有重要的啟示及影響。從廣泛閱讀習慣之中，不僅能擴展詞彙總量，且能學習前人的修辭技巧，才能養成正確的句式寫法，而對於詩文創作方面，顯然會有正面助益。然而，究竟應該開列哪些課外讀物，以補救大學生的作文能力？恐怕需要學者專家共同努力，藉以尋求學界共識，並且能多校合作，共同推動閱讀活動，並將學者專家慎選的圖書，列入推薦閱讀書籍之列，甚至嚴格要求學生要能看完推薦書籍，才能取得畢業資格，如此一來，或許能提升大學生的寫作能力。然而，此事牽涉極為廣泛，也非筆者所能定案，只有學生們能廣泛閱讀各種讀物，才能提升自我的寫作能力。

(二)瀏覽報紙資訊

除了傳統書籍著作之外，也應勤於閱讀報紙，社會上發生的案例，都能增廣我們的見聞，並且提供創作的題材，例如：罹患罕見疾病的人，他們的成長過程，總是比常人更加艱辛，其中必有許多感人事跡，值得我們多加關注，而這些種種的案例，都會是很好的創作題材，只要有系統蒐集這類案例，並加以人文關懷的心意，必能激發我們的憐憫心，而這類創作內容，或許能喚起社會對於罕見疾病的重視，進而結合國內外的醫療資源，對於這些弱勢的醫療孤兒，能爭取更多的醫療資源，諸如此類的報導內容，都值得我們多加注意，以便能吸取一些案

例，成為日後創作的題材。

　　整體而論，廣泛的閱讀書報，雖未必能在短期之內，可以活用各種寫作技巧，但是長期累積下來，只要選對好的書報，必能增廣各類見聞，也能提升我們的寫作視野。其次，閱讀摘要的撰寫，也能讓我們累積更多素材，且能訓練寫作能力，對於作文能力而言，都將會有正面的助益。

二、善用辭書工具

　　語言本身是一種表達工具，若能善用各種辭書工具，將能有效擴大詞彙用量，藉以改善文句不通之弊。其次，也能豐富寫作內涵，加強寫作技巧，對於提升寫作能力而言，無疑會有正面助益。究竟應該如何應用辭書工具，藉以改進寫作困境呢？筆者在下文之中，提出相關的觀察與看法，以供讀者參考之用：

㈠轉徵成語典故，力求文句通暢

　　現代電腦科技的使用，使得學生習慣於圖象、聲音、動畫的溝通，由於此類的溝通方式，乃是強調即時通訊，而在時間短促之下，常有各種的縮寫簡稱，乃至於不完整的句法、符號，都會出現在即時通訊的平臺，而學生們也習慣此種溝通方式，於是火星文的溝通方式，如同文字革命般的出現，這些溝通的方式，正以某種方式，破壞學生們的作文能力。既然網路的即時通訊，乃是強調立即式的溝通，則不管你所寫的內容，是各種縮寫或簡稱，甚至是不完整的句法或符號，只要對方能接受資訊即可，如此一來，又何必費事寫些文雅句子，而徒增自己的腦力負擔。因此，學生們逐漸產生文句不通的弊病。

綜觀大學生的文學作品，常有文句不通之弊，主要在於用語簡略所致，例如：各式的簡稱、符號的應用，常會降低文章的品質，而此類的文章，通常只限於某種年齡層，或是某種生活背景的人們，才能了解文句的語意、用法，諸如此類的文句表達，自然會有極大的問題。其次，文句不通順，也有緣於文句累贅，習慣用一句話語，來表達多種意念，並廣用各種連接詞句，使得文句念來繞口，也無法明白曉暢，通常此類的應用方式，主要起因於現代的年輕族群，在表達想法之時，常以口語方式行之，殊不知口語的用法，往往未能有效修飾詞句，不僅文句粗俗鄙野，也有字句累贅之失。綜合上述所論要項，既然學生們習慣於簡易的表達方式，來從事詩文的創作，則不妨鼓勵他們多用成語典故，一來能有效精簡詞句，二來也能使文句優雅細緻，進而提升語言的表達魅力。其次，如果學生習慣以「我手寫我口」的寫作方式，寫出來的文章，往往極為累贅冗雜，則除了儘量要求他們多用成語、典故，可以有效精簡文句之外，也能要求他們降低文句的複雜度，而使他們的文句，能夠更為精簡明快。一般而言，一個白話散文的句子，大抵應在十四個字以內，就應該完成文意的表達，若是學生能把握此一要點，再加上勤於應用成語、典故，則不僅能化解文句不通之失，也能使文辭更為典雅細緻，而能有更好的創作表現。

㈡勤查字典辭典，豐富詞彙數量

現代大學生在創作文章之時，往往陷於詞彙不足之境，每個人在創作詩文之時，往往有其習慣用語，若是未能明瞭各種詞彙用法，將難以避免陷入詞彙短缺之弊。整體而論，除了廣

泛閱讀論著之外，也須藉由勤查字典、辭典，以增加對於詞彙的認識，才能在創作詩文之時，廣泛應用這些詞彙，藉以豐富文章內涵。現代的年輕學子，往往不習於查考字典，是以對於字詞的應用，往往似懂非懂，但在閱讀各種書刊之時，卻能藉由前後文意，推知相關意義。然而，如果在創作過種之中，作者通常只會應用自己熟悉的詞彙，加以組織成文章，而此類的文章，由於詞彙應用淺白，將使文章呈現出簡易化的傾向，而此類的文章，是無法打動人心，使得作品的品質日降，而難有好的表現。因此，為了能夠豐富詞彙的應用，必須透過勤查字典、辭典的方式，以便能有效掌握眾多詞彙，才能更精準的遣詞用字，貫串成篇。其次，如果能掌握眾多的詞彙，則能應用相似詞組，藉以豐富字彙用詞，如此一來，不僅能有效強化語氣，使文章更具特色，也能應用排比句式，使文章更富修辭技巧。大抵言之，文章切忌單調、平凡，若能增加不同的語彙，並且加以句式、修辭的變化，正是改進文章貧乏的方式之一。

綜合上述所論，大學生在創作詩文之時，往往面臨詞彙枯窘之境，惟有勤查字典、辭典，了解各種詞彙用法，才能有效累積詞彙數量，並能做出適時變化，則能有助於詩文創作，進而提升創作的品質。

三、體驗各種生活

楊鴻銘《語文表達寫作能力要覽》指出：

> 從舊有的經驗喚起新的認知，本是行文重要的歷
> 程；從既有的材料引發新的意念，更足以充實文

章的內容。（楊鴻銘，民國90年：71）

一個人的寫作題材，若能從舊有經驗發掘素材，則其文章創作，將更為生動活潑，也能左右逢源，寫出更富內涵之作。反之，若是缺乏個人經驗的轉化，則所寫出來的文章，就如同空洞的朽木，而難以雕琢成藝品，且內容貧乏，篇幅短促，而無法轉換成優美文章。因此，如何轉化生活經驗，觸發各種情思，將是提升創作能力的關鍵。我們在觀察大學生的作品，往往發現他們缺乏生活歷練，已使得他們在創作詩文作品之時，往往偏離論述主題，甚至有篇幅短促之弊，而為求改善這種寫作問題，必須鼓勵他們經歷各種歷練，惟有深刻體驗生活百態，而在寫作文章之時，才能精準的找到例證，並且觸類旁通，能有較好的作品。然而，究竟應如何累積生活經驗呢？筆者提供如下幾點作法，以供讀者參考之用：

㈠豐富旅遊經驗，刺激寫作靈感

現代大學生忙於打工生活，或是足不出戶的上網，而有著「宅男」、「宅女」的封號，在缺乏外界刺激之下，很難有優秀的寫作題材。既然生活多為一成不變，也難有記錄的價值，而在長期缺乏訓練之下，自然會僵化寫作靈感，使得許多大學生視寫作為畏途，更遑論會出現優秀作品。因此，要能擁有豐富的創作靈感，必須先行改變生活現況，而參與各類的旅遊行程，將會是最佳的改善方式，俗諺云：「行萬里路，勝讀萬卷書」，旅遊能夠增長見聞，而在旅遊過程之中，可能會接受各種刺激，舉凡人文、信仰、民俗、建築、生態，乃至於各種生活方式，

　　而這些種種見聞，甚至於沒有見載典籍之中，自然也難以靠閱讀方式，來吸取相關知識，惟有踏遍千山萬水，看遍世間冷暖，才會對生命過程與本質，能有更深的體悟，而這些旅遊見聞，常能刺激創作靈感，而能成為良好的寫作內容。

　　古人云：「國家不幸詩家幸，話到滄桑語始工」，除了戰爭殘酷，容易造成妻離子散之苦，甚至面臨家人喪亡之痛外，其中的主要原因，是戰爭迫使許多文人離家萬里，而離家過程之中，一路所見所聞，心有所感，都能刺激創作靈感，使得文人不乏創作題材，雖然戰爭造成許多傷痛，但是文人在被迫離家之後，承受風霜雨露侵擾，反而促其思考生命意義，使得作家的創作內容，能夠更貼近社會現實，且能更符合人性，是以作品自能打動人心，而能有傑出表現。

　　歷來許多的詩人、文人，其創作深受讀者喜好，主要在於能遊遍各地，在豐富的旅遊閱歷之下，也使其作品深具特色，而深獲讀者的喜好。例如：宋代詩人蘇東坡在飽經貶謫，歷經蠻煙瘴雨之後，終在其六十六歲之時，得以獲得朝廷詔返，當其經過金山寺之時，有感而發的創作出〈自題金山畫像〉一詩，總結其一生成就，有著如下感觸：

> 心似已灰之木，身如不繫之舟。
> 問汝平生功業，黃州、惠州、儋州。（蘇軾撰、查
> 慎行補註，民國75年：923）

蘇東坡在仕宦之路上，未能平坦順遂，在幾經貶謫之後，反而看遍中國的名山勝水，也了解各地的風土文物，對於詩文的鍛

鍊，尤有正面的助益。尤其是貶謫之人，很可能受到各種誣陷，甚至面臨處死厄運，而縱使沒被處死，其被貶謫之地，都是屬於蠻荒之地，而許多被貶謫之人，迫於環境的惡劣，往往死於瘴癘者有之，是以貶謫黃州、惠州、儋州之時，正是對東坡心志的考驗，在這些身心考驗之中，也刺激其創作意圖，豐富其寫作內涵，使其創作的詩文，更能臻於上乘之作。

現代文學創作者，亦有藉由旅遊各地，接受各種文化薰陶之後，從而寫下優美的詩文，例如：徐志摩為民國初年的重要詩人，當其到達英國劍橋（即康橋）之時，即深為此地風景所吸引，於是放棄政治、經濟之路，轉而學習文藝創作，而其創作詩篇，不僅深受讀者的喜好，也能奠定現代詩學的地位，倘若徐志摩未到劍橋，或許中國會多一個傑出商人或政客，卻將少去一位才氣縱橫的詩人，可見徐志摩到劍橋一遊，能夠激發其文學潛能，而劍橋的一草一木，也深深折服詩人的心，開啟詩人的眼，使其擁有旺盛靈感，也使其創作品質，能更具深刻內涵。

整體而論，旅遊能增進人們的創作靈感，而不同的國度，不同的景物，不同的人情，都可能帶來新的刺激，而這些心靈的激盪，乃至於環境的變遷，都會使人多些創作靈感，而在勤於寫作之下，也能提升創作的水準。因此，如要改善創作的水準，必須走出室內，多多觀察外界事物，將能有效刺激寫作靈感，進而擴充寫作題材。誠然，對於多數大學生而言，要能出國觀光、旅遊，是一件奢侈的事情。但是，至少能在臺灣觀光、旅遊，觀察臺灣的人、事、物，也會有不同的思考與觀察，進而豐富創作靈感，而自助式的旅遊，將會是很好的選擇，在金

錢拮据之下，反而能刺激更多創意玩法，而這些創意的展現，也是創作的最佳素材，更能訓練良好的創造力，使人隨時都有創作靈感。

㈡隨處觀察細節，體會生活樂趣

　　作文是一項細膩工作，由於每個論述細節，都是環環相扣，缺一不可，是以需要長期的細微觀察，才能掌握每個細節，不至於陷於思路不清之弊。一個人的作文涵養，是需要長期累積而來，正如畫家的畫作一般，若是技巧再好，只要是脫離實情，則無論技巧多高深，都將會是一大敗筆。彭大翼撰《山堂肆考》卷一六六〈妄寫形狀〉一文指出：

> 《筆記》有藏載嵩所畫〈鬥牛圖〉，與客觀者，旁
> 有一牧童曰：「牛鬥，力在前，尾入兩股間，今尾
> 掉，何也？」（彭大翼，民國 75 年 3 月：368）

載嵩繪牛的功夫，實為唐代繪畫的一絕。然而，因為他平日觀察不仔細，導致畫作之中，出現兩牛相鬥，卻高翹尾巴之誤，由此可見，一個人的技巧再精深，只要出現重大敗筆，都可能讓原本深獲好評之作，反而失去讚賞機會。詩文的創作方式，也正如同此理，而大學生若要改善寫作困境，必須隨時培養細微觀察力，才能寫出深刻細膩的作品。否則，縱使是文筆細膩清暢，也難有優異表現，臺大中文系退休教授林文月女士回憶大學時期的小說創作，曾有如下體會：

臺先生（筆者案：臺靜農教授）早年寫過小說，記得大概是在大三的時候吧，我寫了一篇取材於農村背景的短篇小說，請臺先生過目指正。兩天後，我滿懷希望地去聽取意見，詎料他直截了當告訴我：「內容構想都不錯，只是裡面的村夫村婦都像受過大學教育的人。」我猛然醒悟，這是自己寫小說的致命傷。我從小生活優裕順遂，像生長在溫室中的植物，對於外面的風雨世界，只憑想像與同情，而未嘗有過深刻的體驗，無病呻吟如何能寫出有深度的作品？從此便決心不寫小說。

（林文月，民國 67 年：214-215）

依林文月教授的才情而論，其當年所寫的小說作品，技巧自當在現今大學生之上，惟因觀察能力不足，使其創作的小說作品，離實際農村生活甚遠，而且描寫出來的村夫農婦的角色，無法符合其身分，致使書寫技巧雖佳，能博得臺靜農教授的讚賞，卻因作品角色與身分錯亂，而有理路不清之弊，由此可見細察工夫的重要。當我們要嘗試書寫農村事物之時，最好能深入農村的生活，隨時細察農村的景象，則所寫的作品，無論人物、情景、對話，都能真實呈現農村景物。否則，縱使文筆細膩雅緻，也無法擁有傑出表現。

綜合上述所論，如果能在日常生活之中，也能隨處觀察人們的肢體動作、表情變化，乃至於語調高低等等，而這些細微變化，都能納入日後創作之列。其次，在自然環境之下，也能傾聽自然的蟲鳴、鳥叫、微風、細雨的變化，也惟有隨處體察

各種現象，則不僅能成為創作題材，也能使創作思緒更為細密，且創作內容更為流暢。

(三)聆聽師長教誨，學習他人經驗

若是個人經驗有限，卻想寫出優秀作品，則必須廣泛吸取他人經驗，藉以轉化成生動的作品，而吸取他人經驗之法，必須勤於和他人交流經驗，尤其是聆聽長者的教誨，或是聽取專家的見解，都能讓我們對生命體悟升級，而現代大學生習於同儕相處，卻忽略與長輩相處，總覺得與長輩之間，有著難以跨越的鴻溝，因而忽視智慧的傳承，使得大學生的生活經驗，似乎愈見貧乏，而難有成長機會。因此，如要擁有良好的創作題材，深刻的寫作內涵，必須多和長者交流，並且深入各個社區，藉以學習人生的經驗與智慧，以便能增加生命涵養，體悟更多人性，如此一來，在創作文章之時，才能深入每個角色特點，而能有較佳的表現。

(四)參與志工服務，培養高尚情操

參與志工服務，藉以了解人情冷暖，並且關懷社會弱勢，將使我們更能了解一些事例，畢竟每個人的家境不同，有時無法親自體會所有生活，而深入社區服務之後，將使我們對於社區運作，乃至於弱勢族群的生活方式，都能有更深入的了解，而深入社區採訪，既能訓練觀察力、想像力，也能提升人們的互動能力，使得年輕人能樂於服務社會，有助於心志的成熟，使我們能有更多的寫作題材，而在字裡行間之中，也能多些人文的關懷，使得文章更能感動人心。

㈤觀賞各類影片，體驗各種情境

顏擇雅曾在〈如何培養言有序、言有物的能力?〉一文中，提出「運用影像訓練觀察力」的方法，其論點如下：

> 不同於習作本上常見的「看圖說故事」，給學生看的影像必須沒有故事，卻充滿姿態、神情、顏色、形狀的細節。可以是梵谷自畫像，或一張風景明信片，或《國家地理》雜誌上一幀異國街景的攝影。目標是要訓練出快眼兼快筆，隨時都能不費吹灰之力將眼睛所見化為一段文字。（顏擇雅，2007: 134）

顏氏所提出的方法，其所適用對象，是為小學的學生，但是作文同於此理，若能擁有細微的觀察力，則於創作詩文之時，往往會有特殊表現。筆者曾播映《絲路之旅》的紀錄片，並讓同學擇其中一景，創作一篇新詩，即是運用影片圖象，來訓練同學們的觀察力，而學生們的詩作之中，竟然出現一些絕佳之作，顯見觀察力的訓練，外加個人的體會，則縱使是大學生的創作，也能有所表現。其次，藉由廣泛的觀賞影片，藉由影片討論的主題，來深入了解社會的每個角落，並從中習得人生經驗，也是一種很好的訓練方式，畢竟許多的影片內容，為了強化主角的特點，而有明顯的人格特質，是以廣泛觀賞各類影片，也能刺激不同的想像空間，而能有著豐富的創作題材，可供我們創作之用，如此一來，在創作詩文之時，能有效充實詩文內容，

才易有較佳的創作表現。

(六)參加社團活動，拓展人際關係

　　大學有許多社團活動，但是許多學生緣於各種原因，而未能參與社團，為了能讓學生多些生活經驗，可以鼓勵學生們走出室內，參與社團的各種活動，惟有如此，才能學習人與人的相處，以及各種生活方式。其次，參與社團活動，勢必會增加異性相處機會，如何學習男女相處之道，而相處方式的折衝，也都會是很好的寫作素材，而多培養這些經驗，才能增加寫作深度及廣度。

(七)參與打工實習，深入社會階層

　　大學生若有打工、實習的經驗，並且深入社會各種階層，且能從中體會生活，學習各種職業技能，以為日後步入社會的準備，諸如此類的經驗，將能有效轉化為寫作題材。然而，在打工方面，應該儘量從事第一線的服務工作，如餐廳的服務生等等，如此一來，能有更多的機會，能和人群多所接觸，才能從中學習成長。反之，例如：加油工、速食店的清潔工等工作，縱使打工時薪較高，也儘量不要浪費時間，在這些沒有多大助益的工作。

　　綜合上文所述內容，衡諸過去的創作經驗，大凡文人在生活面臨困境之時，或是國家面臨劇禍之時，導致文人顛沛流離，方能激發各種情思，而其論述主題，也能突破舊有限制，而能擁有個人特色，諸如此類的詩文創作，才能成為優秀的作品，而生活經驗的轉化，才能有效感動人心。然而，若是生活一路

平順，勢必無法壓抑情思，使得生活經驗匱乏，而難有絕妙之作。臺灣近幾年來，處於一個安逸優渥的環境，現代大學生在接受家庭護持之下，絕少經歷過生命的苦難與挫折，在平凡無奇的歲月之中，是很難營造出深刻體悟，而這些平凡的經驗，是無法成為優秀作品的素材，自然也限縮創作的領域。因此，為了要擴大寫作題材，必須體驗各種人生的經驗，從現實環境之中，觀察各個人物角色，吸收各種成長的歷程，而由於生活周遭，都有許多實例，可供我們創作的題材，則在進行創作之時，也能觸類旁通，而能寫出優秀的作品。

四、強化思考訓練

我們經常感嘆：臺灣公民的素質，並不會因為受過高等教育而提升，縱使是接受大學教育的知識分子，也未必真正具備獨立思考、判斷的能力，而往往訴諸於情感，這是受到當前政治人物之賜，而政治人物為求獲致最大的政黨利益，經常為求反對而反對，或是為求贊成而贊成，所有的言論特點，都可以擺脫邏輯推理順序，因而忽略事實真象的重要，平心而論，政治人物所持的態度，其實是違背正常的學術原則。清大人文社會學系主任蔡英俊教授指出：

> 某種意義來說，臺灣社會公領域的討論，都不會說理，都在表現情緒。表現情緒感受其實是中國古典抒情文化傳統的特質。(何琦瑜等，2007: 78)

大學生長期受到政治人物的操弄，往往分不清是非對錯，也缺

乏正確的論辯能力，久而久之，也缺乏自我思考中心，因而降低議論能力，而反映在文章創作方面，就有論見無力的弊端。

獨立思考的能力，是一個正常公民必備的條件之一，而高級知識分子更要具備類似能力，才能進階到學術層次，以進行更高層次的開發與探索。若是一個公民在面對爭議之時，都不會嘗試說明、議論、說服，而完全訴諸情感或暴力，則社會將會增添許多變數，而彼此之間的對立、分裂，將如同難以跨越的鴻溝，惟有使所有公民，都能具有獨立思考的能力，才能有效降低族群的分裂，而能回歸於正常機制，能夠理性的探討各種政策。現今大學生的作文能力不佳，往往出現論證無力之失，主要在於缺乏獨立思考的能力，長此以往，也就難以有效表達己見，如要改進這種缺失，可以嘗試如下幾點方法：

㈠選修哲學課程

當我們的作文，出現論辯無力的缺失，也代表我們的邏輯思考能力，還有待更多的訓練，為求改善這個寫作困境，必先接受完整的邏輯推理訓練，嘗試清空自己的主觀喜好，而以客觀的分析角度，來評判所有事物，如此一來，就會不受到主觀思維的牽絆，而能正確評斷各種事物。在學習方面，可以嘗試選修一些哲學課程，讓自己具備完整的推理能力。

在眾多哲學課程之中，必須學會歸納演繹之法的應用，才能有效提升寫作能力，蓋每篇文章都要精要之處，誠如清劉熙載《藝概》卷六〈經義概〉指出：「題有題眼，文有文眼。」（劉熙載，民國 53 年：2）如果撰文未能圍繞重點，掌握主旨，則殊非作文良法，而劉氏更指出：「多句之中，必有一句為主；多

字之中，必有一字為主，鍊字句者，尤須致意於此。」（劉熙載，民國53年：4）可見創作詩文之時，必須掌握議題的重點，而表達文句之時，尤須強化主旨內涵；而現今大學生在創作文章之時，往往未能透視議題核心，使其論述缺乏重心，未能得其章法，致使全篇內容虛乏，難以引人入勝。其次，或有主旨過於雜亂，輕重未能得宜，使得全篇有主旨模糊，陳意蕪雜之弊。誠然，每篇文章必有論述重心，而重心未能顯明，或係重心過多，雜亂難理，均非屬於優秀篇章，而一篇文章的好壞，不僅要求論述主旨明確，且需要主題單純，並能貫徹始終，而任意變換主旨，使得議論雜亂，皆為撰文者，足茲戒惕之事。

原則上，撰寫一篇文章，其中的警策、主旨，可以在文章任何位置，或置於篇首，或置於篇中，或置於篇末，清劉熙載《藝概》卷一〈文概〉指出：

揭全文之指，或在篇首，或在篇中，或在篇末。
在篇首則後必顧之，在篇末則前必注之，在篇中
則前注之，後顧之。（劉熙載，民國53年：22）

全篇文章的主旨，必須放在恰當之處，然後全文就圍繞此一主旨，相互照應，自能成就一篇佳篇鉅構，而一個擅於行文之人，能將文章的精要題旨，置於全篇關鍵之處，並以此統領全篇文章。然而，就一個大學生而言，其作文未得精要，要求其將關鍵警語，置於全文關鍵之處，並能圍繞此一主題，而成就一篇合宜文章，恐非短期之內，能夠訓練成功。因此，當其未能有效駕馭文句，凸顯寫作重點之時，如要能讓其改進寫作缺乏主

旨，或是主旨過於雜亂之弊，則可先行訓練其論述重點，擺放於通篇之末，則較能得其訓練功效，而其有效作法，即先使學生慣於歸納演繹之法的應用，即在中篇應用演繹之法，如此一來，即能圍繞一個主旨，從而有效演論發揮己見，而其論述主題，自能圍繞同一主旨發展，而不容易偏題，且主題易於明確，不會有端緒繁多之擾。其次，在文章結論之時，擅於總結全篇內容，歸納寫作重點，以凸顯全篇主旨所在，使得整篇文章的主旨，能聚焦在一個議題之上，而能避免主旨模糊的弊病。

(二)參與辯論活動

辯論活動的重點，就是嘗試分析對手的論點，並且提出個人看法以破之，是以必須提出正確見解，以便能說服評審。而在參與辯論活動之時，勢必會強化自己的分析能力，進而學習論證之法，如果能把這種論辯能力，發揮在議論創作方面，將能有效提升寫作成果。其次，學生進入大學之後，必須開始學習論文的寫作，而無論何種專長的論文，都需要消化文獻資料，嘗試提出自己的創見，而對於思辨能力的培養，自然會有所成長。在大學課程之中，有許多的課程設計，都會伴隨論文報告的寫作，藉以訓練學生獨立思考、判斷的能力，而學寫論文過程之中，也都會有各式的學術訓練，藉由辯論活動的參與，使我們能有良好的析辨能力，而能精準透析文獻內涵，也有助於釐清論點異同，而藉由這些訓練課程，能使我們的論辯能力升級，如果把相同的方法，應用到一般的創作，則能有效避免論見無力的缺失。

㈢增加討論訓練

　　清李漁《閒情偶寄》卷一詞曲部〈結構〉云:「至於『結構』二字,則在引商刻羽之先,拈韻抽毫之始。」(李漁,民國 66 年:11) 李漁指明: 行文之前,必先考量文章的篇章結構,可見一篇詩文創作,其篇章結構的好壞,占有一定的比重,而一個初學作文之人,往往缺乏相關訓練,致使未知如何安排文章架構,使得文章結構零亂,而難有良好表現。清曾國藩《曾文正公日記・文藝》指出:「古文之道,謀篇布勢,是一段最大功夫。」(曾國藩,民國 53 年: 39)可見曾國藩認為寫作之道,貴於「謀篇布勢」,而作文者,能在謀劃創作之前,即分配整體布局,自能段落清楚,架構合宜,則整體敘事方面,必能流暢自然,氣勢直瀉而下,而勢不可擋。據此,作文應先重視文章的篇章架構,架構清晰完備,則思緒必然流暢,且易駕馭文字,論述自如,若是結構零亂,則不僅容易疊床架屋,重複論述,且內容易流於錯亂,因而缺乏寫作章法,不僅表達失序,也缺乏統整之效。由於當今大學生缺乏寫作訓練,而在隨手書寫心得之下,通常未能掌握文章的章法布局,使得各段文句缺乏重心,且在篇章段落之間,文句未能相互呼應,而呈現出結構零亂之弊。

　　如何補救大學生的結構安排? 就是需要強化討論訓練,學生在創作文章之初,即有機會和老師討論大綱,但學生的作品,常有結構零亂之弊,往往是不知如何表達意念,或是錯置內容順序,而使得結構失序,缺乏章法。清大人文社會學系主任蔡英俊教授曾經指出:

結構安排或組織，是有很多具體的方法可以訓練
的。寫作某種程度是思考力的鍛鍊。你怎麼安排
意念的架構、安排材料的順序，那也是一種思想
的訓練。（何琦瑜等，2007: 79）

師生若能一起討論創作大綱，將使學生學會安排材料的順序，
並能有效表達自己的意念，如此一來，將能有效彌補結構零亂
之誤。然而，極少數的學生，願意在創作文章之前，即和老師
充分溝通大綱內容、順序，而身為大學的老師，也很難有多餘
時間，逐一指導學生寫作綱要及順序，致使學生在寫作之時，
往往憑藉己意為之，而寫出來的作品，則由於缺乏有效指導，
也就易於缺乏章法，而有結構零亂之弊。整體而論，學生的文
學作品，需要經過有效的指導，才能提升學生的寫作能力。然
而，大學教授所要負擔的授課、研究壓力頗重，很難針對學生
的需求，給予逐一的指導與修正，而補救之道，則是利用同儕
之間的評比與討論，使同學們彼此相互學習，並適度修正相關
錯誤，如此一來，也能適度開發同學們的文學鑑賞能力。誠然，
在安排小組討論作品之時，必須兼顧學生的寫作程度，才能使
相同程度的學生，能有更多學習與討論，至於採用何種方式分
組，將考驗此一方式的執行成效。否則，將使整個學習過程，
難以達到預期成效，而失去原有設計的美意。

　　從某種意義來說，寫作的內容，如果結構鬆散，甚至錯置
順序，究其主要原因，在於缺乏嚴密的思考訓練，使得整個推
理過程，乃至於內容表達方式，均會產生極大的錯誤，致使學
生在創作詩文之時，經常畏於表達個人意見，或是隨意敷衍了

事，而未能擁有優異的創作成果。因此，如何在日常生活之中，培養他們的表達能力，並且適度訓練哲學推理能力，將能有效避免學生寫作之時，犯了結構零亂的毛病。

綜合上述所論，學生作文涵養的養成，並非一蹴可幾之事，而學生們若在創作詩文之時，想要達到言而有物，論證清楚的境界，就必須逐步累積論辯實力，才能精準應用語詞，用以表達自己的意見，而身為一個現代公民，應該逐步揚棄訴諸感性的溝通方式，而應以理性客觀的態度，來面對他人的質疑與討論，而邏輯思辨能力的養成，能使我們在人際溝通方面更為順暢，而表現在文章創作方面，也才能論證縝密，進而有助於學術的發展。

五、勤於創作訓練

過去幾年的學子們，由於學測廢考國文作文，使得學生們進入大學之後，往往缺乏寫作的訓練，因而缺乏寫作信心，而難以寫出優秀作品。目前，國際間普遍流行的看法，是寫作力的展現，就是學習力的表現，而透過寫作的學習，能有效拓展學習能力，而能奠定良好基礎，正如同美國國家寫作委員會，為了提升大眾的寫作能力，而有如下的呼籲：

> 寫作就是一種學習，擁有寫作能力，可以讓人建立信心，有了信心，就會帶來創意與樂趣。想像一下，如果寫作獲得應有的重視，小學到大學的教育，將會如何如虎添翼。（吳怡靜，2007: 34）

寫作能力的提升，將有助於建立信心，而透過不斷的學習與創作，可使學生對於創作更有興趣，也能逐漸提振寫作能力。然而，寫作的訓練，並非以量取勝，雖然密集的訓練，能學會一些表達技巧。但是，若能經過良好的設計，將更有助於能力的精進。在下文之中，筆者嘗試提出幾點方案，以供讀者參考之用，說明如下：

(一)仿作一家之言，建立寫作風格

　　一般大學生的作品，由於創作較少，是以很難形成特定風格，如要建立獨特風格，必先求模仿他人之作，再力求改造，才能逐漸形成個人特色。其次，模仿前人之作，只是一個寫作訓練，而非最終的目的，正如模仿名畫之前，必先加強個人素描技巧，再行觀察名家畫作風格，才能逐步提升自己的繪畫技巧，一旦技巧純熟之後，再行變化技法，方能別出心裁，而能擁有個人的風格。在模仿前人作品之前，必先認知到模擬的目的，是在學習前人的寫作技巧，一旦學會表達技巧之後，必須適時變化，而不以文作神似前人作品為喜。其次，仿作並非完全相似的習作，縱使是模擬前人之作，也應該勤於改作，只要加入一些巧思，變化一些題材，縱使是尋常作品，也能重新注入新元素。模仿前人之作，仍須循序漸進，才容易獲致其功，總其模仿程序如下：

　　第一，慎選作家：每個作家都有風格，而其文學作品，未必適合每個模仿者學習，是以擬訂倣效前人作品之前，必先考察前人作品風格，再依據個人原有的寫作特性，逐一評估模仿成效，惟有慎選優秀的作家，才能有好的學習空間。

　　第二，勤讀前作：廣泛閱讀前人作品，無論是選擇何人的作品，在進行模仿之前，必先了解前人的風格及技巧，若無法廣泛的閱讀前人作品，又如何能掌握其特點？因此，在確立模仿何人作品之後，必須勤於閱讀相關撰著，藉以吸收其特點。

　　第三，分析技巧：勤讀前人之作，必須同時分析風格、技巧，方能有效學習其特點。其次，也應該看一些學術報告，或是看一些網路的書評，才能掌握前人的技巧，以供後續模仿的參考。

　　第四，進行仿作：進行實際仿作之時，可先行模仿寫作技巧，或是學習寫作內容，而寫作技巧的模擬，乃是在於鍛鍊文句能力；而寫作內容的模擬，則是學習寫作題材，如果能雙管齊下，自能有良好的表現。

　　第五，評估成效：進行仿作之後，必須評估模仿的成效，如果模擬成效不彰，則需重新尋覓模仿的作家，再執行模仿程序，而如果模擬效果良好，且自己對於文字駕馭能力，已有良好的把握，則要嘗試在前人寫作基礎之上，重新加入個人的思維與創意，如此一來，將有助於建立個人風格。

　　綜合上述所論，大學生在執行創作之時，往往難以建立個人風格，主要的原因，仍是缺乏訓練所致。其實，只要慎選名家之作，勤於閱讀，仔細觀察，實作模擬，進行評估，則能有效習得寫作技巧，再加上個人巧思及創意，將有助於建立一個人的寫作風格。然而，想要形成獨特的風格，除了模仿之外，也應勤於吸取資訊，慎選創作主題，才能有優異的表現。

㈡善用網路資源，培養寫作興趣

網路的廣泛使用，對於學生們的作文能力，究竟是好？是壞？歷來有二種不同的見解。誠然，網路的習慣用語，往往流於破碎與簡短，兼以大量符號的應用，甚至資料的快速吸收與汰除等等，在在都會減緩學生的思考能力，更容易缺乏聯想力，使得學生的作文能力日降。然而，若是妥善運用網路科技，也能成為學生們寫作的助力，其關鍵在於「如何用，以及如何引導孩子寫作的能量與自信」（李雪莉，2007: 130），是以網路科技的運用，優劣參半，只要經過確實的導引與應用，自能降低其弊病，而能吸收網路科技的優點，以培養學生們的寫作興趣，只要能培養學生的寫作興趣，將能逐漸提升其創作品質。究竟應該如何善用網路資源，以培養學生的寫作興趣呢？李雪莉 (2007) 歸納幾個成功的範例，第一，利用網路討論版，可以讓學生們彼此交換日記，進而刺激學生的觀察力，也督促孩子自我寫作的能力。第二，轉進部落格創作，利用動態影片或照片，可以刺激學生的視覺，進而顛覆傳統的作文方式，也能引發學生的寫作興趣。第三，網路作文平臺的練習，透過具體可改善的評閱系統，以及同儕的互動，建立學生的寫作信心。綜合上述所論，善用網路的資源，可以培養學生寫作興趣，進而提升寫作的實力。

㈢接觸各類體裁，豐富寫作方式

每種藝文創作的體裁，都有不同的訓練，而透過不同體裁的訓練，將能學會各種表達技巧，也能增加學生們的寫作興趣。

因此，身為大學生的寫作訓練，不應只限於散文創作，而應擴及詩歌、散文，乃至於企劃案、採訪稿、廣告文宣、改編作品、比較文學、新聞評論、讀書札記、論文報告等等，都會是很好的寫作訓練。例如：以撰寫讀書札記而言，必須將一部書籍的讀後感，濃縮成三百字的摘要，將能訓練我們的修辭技巧，如何言簡意賅的將重點列出，也考驗我們的寫作能力。其次，將重點濃縮成短文之時，會訓練我們掌握重點，並且在表達方面，可以練習起承轉合的能力，使我們在寫作能力方面，能有更好的進步。整體而論，撰寫閱讀摘要的訓練，不僅能提升寫作技巧，也能掌握書籍的重點與精華，更藉由反覆的思辨與整理，可以有效累積寫作要領，對於寫作能力的提升，尤有正面的貢獻。

又縱使是屬於散文的創作，也應該給予相關引導，讓學生能有些許自主權，去選擇自己較為熟悉的議題。其次，在選擇寫作內容之時，應儘量朝向生活化的議題，學生們才能有較好的發揮，例如：可選擇旅遊札記、生態觀察、人物採訪等等，而透過此類主題的創作，才能使他們開啟寫作的樂趣，也更能擁有敏銳的觀察，更能誘導出豐富的想像力。整體而論，透過接觸各類體裁的創作，可以豐富學生的寫作方式，也能使他們自然投入寫作行列，而能充分享有寫作樂趣。

綜合上述所論內容，過去幾年的臺灣社會，由於長期忽略寫作練習，致使學生失去寫作信心，而未能有效使用遣詞用字，藉以表達個人的情思。因此，如要有效改進學生們的寫作能力，必須鼓勵他們勤於創作，惟有透過勤奮的練習，才能逐步推升寫作能力，進而增強個人競爭力。當然，勤於寫作的練習，自

能增加寫作技巧，但並非放任學生胡亂寫些文章充數，即能有效提升寫作能力，而需要經過指導的過程，才有較大的進步空間，清大人文社會學系主任蔡英俊教授指出：

> 應該是把學習看成一個過程，尤其是這種需要長期累積培養的能力，並不是單靠寫作幾篇沒有經過有效指導而完成的作文就能達成的。（何琦瑜等，2007: 79）

據此，勤於寫作之外，也要經過適宜的指導，才能真正提升寫作能力，而非單純以量取勝，即能獲致良好成效。其次，學生們要能意識到創作的重要性，才能真正投入創作的行列，否則只是虛應故事，將難有傑出的表現。

六、結　語

　　現代人經常接觸網路媒體，是以習慣於圖象、聲音及動畫的溝通方式，反而沒有耐性閱讀論著資料，且缺乏思考與想像能力，兼以生活單調貧乏，更是缺乏創作的題材，是以寫作能力的下降，似乎是全球化的傾向。美國在 2002 年就決定 2005 年 3 月美國學生進大學必考的「學業性向測驗」(SAT) 加考作文，期盼能藉由考試方式，「喚起政府、教育部門以及整個社會對寫作教學的重視」（吳怡靜，2007: 33），美國已經意識到學生作文能力下降，會對於企業界的競爭力，造成極為負面的影響（吳怡靜，2007: 32），因而及早做出因應措施，至今已能收致成效，反觀國內的教育政策，似乎永遠跟不上國際腳步，正當歐美人

士積極學習中文的同時，而臺灣學子的中文能力，卻有快速下降的趨勢，這種語文失落的現象，怎不令人深感憂心呢？或許政府應該拿出積極作為，以挽救日漸沒落的語文能力。

　　大學生寫作能力的退步，使得學生創發能力日降，如果長此以往，將使國家失去競爭力。因此，要讓學生們重拾創作樂趣，必須輔以各種活動及訓練，才能有效拓展學生視野，並且增強其寫作技巧，方能有效提升寫作能力。當我們的高級知識分子，連語文表達能力都有問題之時，又如何能真正擁有專業知識呢？然而，學生們若非自覺寫作能力下降，且逐漸失去競爭力，而願意改進自己的創作能力，則光憑推廣幾篇文學創作，是無法搶救大學生的作文能力，惟有學生能意識到自己的不足，才能透過教師輔導機制，來喚醒大學生的寫作能力。本文僅就現行大學生的寫作困境，提出一些改善方案，至於如何落實方案，則需要政府、老師、學生共同思考、配合，才能有效提振學生的創作能力。

第二篇

寫作能力指引

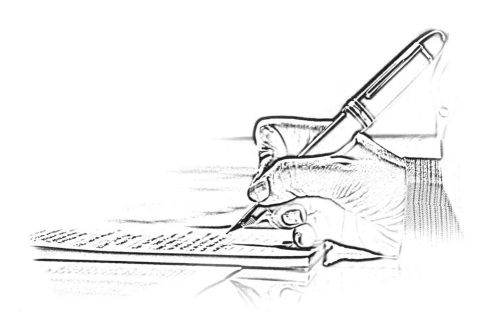

壹　仿寫寫作能力指引

一、仿寫的定義

仿寫是依據他人作品，重新仿造的產品。但仿寫是創造性模仿，而不是呆板的抄襲①。仿寫是寫作練習必經的過程，也是寫作養成重要的階段。一位大學生如果仿寫寫得很好，一段期間後再加入自己的見識與風格，將很容易轉型為具備良好表達能力的職場專業人士。

二、仿寫的內涵

陳智弘、郭美美、范曉雯、黃金玉 (2001) 將仿寫分為「形式的仿寫」與「內容的仿寫」兩大類別：

(一)形式的仿寫

主要在模仿範例的外在形式，像修辭、句式、例證、表現手法、布局結構、人稱立場、語言特色。讓學生善用自己的構思，仿照範文的外在形式特點下筆，寫成一篇自己的文章。由於是創造性的模仿，再者因為所寫的素材不同，作者仍然可以

---

① 創造性模仿是哈佛商學院西奧多・萊維特 (Theodore Levitt) 教授首先提出，而由管理大師彼德・杜拉克 (Peter Drucker) 在《創新與創業精神》一書中發揚光大，他說：「創造性模仿並沒有發明產品，他只是將創始產品變得更完美」。文學作品的仿寫與仿作，實際上就是一種創造性模仿。

保有自己的風格。這類型的仿寫是學生比較容易掌握的，只要老師提示的形式特色很具體，學生能夠用心於題材的選擇和文字的經營，在習作上就很容易成功。如果過於依樣畫葫蘆，硬加拼湊模仿，勉強成篇，成為失敗之作，那就不是創造性模仿。

㈡內容的仿寫

主要在模仿範文的選材、立意，根據範文的寫作內容，最重要的是要掌握住它的精神特色，讓學生充分運用自己的創意，「師其意而不師其詞」，寫出屬於自己的作品。這一類仿寫的難度比較高，考驗學生的分析能力，也考驗其是否能充分掌握立意風格。

三、課堂實例

由於大學寫作是一學期的課程，往往受限於時間、學生的程度，及習作的難度，所以在仿寫這一單元，任課教師應選擇重點讓學生習作。底下以「句式的仿寫」及「結構布局的仿寫」課堂實例來說明：

㈠句式的仿寫

這一類的仿寫選材比較容易。例如詩人陳黎 (1999) 的〈小城〉一詩，運用了 21 個名詞組合成花蓮市的意象，教師可以讓學生做句式的仿寫，用 15 個名詞組成一首詩來刻繪他們的大學生活；或是以詩人瘂弦 (1981) 的〈如歌的行板〉為範例，讓學生仿寫其句式，描繪出其現實生活中的「……之必要」。以下節錄學者葉維廉 (1997) 的〈童年是——〉為例，讓學生仿作。

童年是——　　葉維廉

童年是

終日無所事事

把衣服脫精光在溪水裡濺水追逐，在溪瀑下

任水沖打肌膚然後閉目遠遊到他鄉

童年是

終日無所事事

不知哼什麼那樣哼不知唱什麼那樣唱

自自在在一步一步踏出來的滿心的快樂

童年是

終日無所事事

躺在野花紅似火的山坡上看藍天裡白雲追趕著白雲

或躺在晒穀場上夜的大傘下數一夜也數不完的星星

　　在對學生介紹過作者、賞析完這首詩之後，要求學生模仿這首詩的句式，以「青春是——」為題，創作一首三、四小節的作品，並提示學生詩中每小節都要模仿原作分成四行，而每節開頭兩句都要相同。並且要求學生要信任自己的能力，相信自己可以寫出好作品，掌握自己的感受，捕捉腦海中浮現的意念，以一個最足以代表題意的詞語，無論是具體的，或是抽象的均可，然後再就這詞語的特質加以發揮，完成後兩行的詩句，所發揮的這兩行要盡可能的以具體意象呈現，如此詩的感覺才會比較生動、深刻。

在所有學生作品中，讓任課教師十分詫異，且印象深刻的是下面兩篇作品：

　　　　青春是──　　　呂星儀
青春是
充滿熱血與白目
喜歡沒事把頭髮弄得高高刺刺活像被雷劈到一樣
就算被生教抓到仍然照用不誤的死小鬼

青春是
充滿熱血與白目
總是愛把書包用立可白塗鴉或在背包肩帶上寫著
大大的「勿忘我」三個字
直到三年後才驚覺自己寫錯字

青春是
充滿熱血與白目
故意把褲子穿得低低垮垮的露出那大半截的四角褲
四角褲上還寫著黃底黑色仿宋體的「聖上親臨」

　　　　青春是──　　　林建廷
青春是
勇於嘗鮮冒險
走在繁華的鬧區被五光四射的店家吸引

聽那流行音樂在街道上轟轟作響

青春是
勇於嘗鮮冒險
拿著手電筒在伸手不見五指的廢墟中百無禁忌
月黑風高四處蟲鳴沉浸在驚悚幻想裡

青春是
勇於嘗鮮冒險
與身旁俏麗的女孩漫步在唯美寂靜的步道上
望著那都市街道築成的美景道出青澀甜蜜的言語

學生的用字、用詞大膽，渲染的效果也很強烈，文學創作的潛力真不容小覷。另外也嘗試讓學生以「閱讀是——」為創作主題，結果學生呈現出來的成果，令人驚豔：

　　　　閱讀是——　　　陳宜君
閱讀是
滋潤乾涸心靈的小河
它流過我眼睛最貧困的地方
富裕我的視野

閱讀是
滋潤乾涸心靈的小河
使我的靈魂陷落在知識的漩渦

渴望溺在水中而不被救起

閱讀是
滋潤乾涸心靈的小河
河裡擁有豐沛的小魚苗
在我的心上茁壯成長豐富我的生命

閱讀是——　　　丁于珊

閱讀是
整天一股腦地
走入天馬行空的魔幻想像境域
看看另一個文字世界多麼美好

閱讀是
整天一股腦地
把書本啃光神遊於作者的妙筆生花
任文字衝擊自我心靈久久無法自拔

閱讀是
整天一股腦地
爬入文字格中思索著蘇格拉底的哲學理念
或不小心掉入哈利波特的異想世界飛越霍格華茲

㈡結構布局的仿寫

　　這類仿寫是以散文為主，由於長短、難易度、結構布局的明顯度都要兼顧，要選擇適當的範文較不容易。雷驤 (1997) 的〈室內〉一文雖然也符合這些要求，但是所要求的寫作技巧較高，所以如果任教班級學生程度很好就可仿寫此文。如果學生寫作能力普通，那蕭蕭 (1993) 的作品〈喝咖啡的五個步驟〉，就是極佳的仿寫範本。

　　由於蕭蕭的作品經常被選入高中、職的教科書中，學生對他並不陌生，因而介紹作者時偏重他的人格、作品風格及對臺灣文壇的貢獻。接著是賞析文章，最重要的是要分析這篇文章結構布局的特點，讓學生能夠充分掌握其結構布局，仿寫才會成功。在寫作之前的要領提示時，還是要再強調這次寫作主要是要模仿它的結構布局，以免學生下筆後只隨興的發揮題目，而忘記最重要的結構布局。其次限定學生習作題目是「……的□個步驟」，其中「……」必須是去做一件事，例如「吃牛肉麵」、「喝下午茶」或「網拍」等，而「□」則限定為四、五或六。〈喝咖啡的五個步驟〉的全文為：

　　　　酒有酒仙，茶有茶聖，依照東方有個聖人西方也該有個聖人的法則，咖啡理應有咖啡神，因此喝咖啡請嚴守下列五個步驟：

　　　　咖啡一來，請不要輕易動湯匙攪拌，以免擾亂你和咖啡的心神。首先，端起咖啡杯，靠近鼻端一公分的地方，慢慢搖著自己的頭，緩緩聞一

聞咖啡的香氣，然後趁熱啜飲一口，含在嘴裡再徐徐嚥下，仔細品賞純咖啡的苦澀香味。如果喜歡，何妨再輕啜一口，這是黑咖啡的魅力！

第二個步驟非常重要，往往被忽略了：這時，我們先放好咖啡杯，再以蘭花指拈舉奶精小杯，沿著咖啡杯緣緩而輕地注入奶精，越慢越細越好，看著純白的奶精在褐黑的咖啡表面旋繞奔走，逐漸由純白而褐黃，形成一層薄膜，籠罩住整個咖啡表面，這種色彩視覺的享受，絕對不可放棄。然後端起咖啡杯，輕輕喝一口，濃濃的奶油香味在鼻端，在嘴角，在喉頭，瀰漫開來。

——暫時不要說話。

接下來可以拿起小湯匙了，慢慢攪勻咖啡和奶精，褐色的漩渦以順時鐘方向飄起褐色的香味，咖啡和奶油婚後的幸福，我們可以用視覺、嗅覺、味覺同時感知。這是第三個步驟，有人喜歡喝這樣的咖啡。不過，人生太苦，所以，請不要忘記冰糖，冰糖在旁邊已經等很久了！

舀起一匙冰糖放入杯底，繼續攪勻，然後舀起一匙咖啡，離杯口四五公分的上方，以點線狀滴落，可以看咖啡滴落所旋成的波紋之美，也可以傾聽咖啡滴落時不同的聲音。同時，咖啡的溫度也逐漸調整好了，聞一聞咖啡香，品一品咖啡香，真正喝咖啡的時候到了！

不過，這還只是第四個步驟，喝完了咖啡，

我們還有事要做，我們把杯子倒過來，默念情人的名字三次，再迅速把咖啡杯轉正回來，虔敬地研究杯底的咖啡殘液所形成的圖案，到底暗示著什麼樣的情意變遷，是離是合，還是有第三者在旁邊虎視眈眈，或者像咖啡一樣芬芳、香甜？

　　或者，你決定再續一杯，循環剛才的五個步驟，然後回去教你所愛的人，讓他在咖啡杯底尋你？

以下兩篇是學生仿作的優選，值得一讀：

發呆的四個步驟　　黃倩奕

　　前有尊長，後有父母，依照東方傳統學生不該在課堂中「目無尊長」，但我們並非古人，因此，上課發呆前請嚴守下列四個步驟：

　　上課鐘響，老師一來，請不要立刻呆在那裡，以免破壞老師對你的印象，認為你為懈怠的學生。首先，要目迎老師進來，並睜大眼睛讓老師注意到你，認為你很認真，你就成功了一大半了。

　　第二個步驟也相當重要，但常常被人忽略了：這時，你絕不可以立刻呆住，要假裝專心聽講，不時的翻書、看書、寫筆記，和老師有短暫的目光接觸。因為老師一開始已被你的目光吸引，而後必會將注意力分一些在你這邊，如果你這麼快就在玩木頭人的遊戲，恭喜你，明年再來吧！

——暫時假裝認真。

接下來就可以慢慢進入「神的領域」了，慢慢的將自己的視覺、嗅覺、味覺淡出，這就是第三步驟。不過，老師也不簡單，所以，你絕對不可以求快，要知道老師等加班費已經等很久了。

不過，這也才三個步驟，你還有事要做，你不可以一直看著老師，一段時間要低頭看看書本；手不能一直放著不動，偶而畫畫圖也好，要知道還是會有「報馬仔」在旁邊虎視眈眈，讓你像留級生一般再次回味師長的教導。

發呆看似容易，其實不然，循環剛才的四個步驟，是你輕鬆拿學分？還是老師當了你？全靠你的功力了！

上廁所的五個步驟　　廖德貴

灶有灶神，門有門神，依照國人神到處存在的觀念，廁所也應該有個廁神吧！因此上廁所時請遵守下列五個步驟。

當便意一來，請別橫衝直撞，直奔進入廁所裡隨意的解放，以免在廁所內滑倒，撞得你滿頭包。首先，在進入廁所前，輕輕地將小拉門推開，廁所內有時會散發出神祕的香味，但千萬別吸入，這就是廁所散發的迷魂香，吸多了，會失神失智的喲！

　　第二個步驟非常重要，但往往不小心就忘記了：這時，我們先將廁所門口的小鎖用我們的食指和大拇指往門邊一扣，聽著廁所裡的扣門聲的回音，細細的聆聽，這種聲音的聽覺享受，將給你的如廁帶來充分的安全感，是絕對不能放棄的。

　　——暫時別發出聲音。

　　接下來可以脫下小褲頭了，站在馬桶上，雙腳打開與肩同寬，蹲下，深深地大吸一口氣，再憋住它，用力地將肚中的大雜燴釋放進馬桶中，這就是第三個步驟。不過異味太重，請千萬記得使用按飄香！它已經在旁邊久等了。

　　輕輕地按下，頓時香氣四溢，然後在起身時，使用衛生紙，將自己肛門邊的餘漬擦拭，享受衛生紙輕柔的觸感。同時，在馬桶中的一座小山也完成了！

　　不過這些只是第四個步驟，解放完畢後，我們還有事要做。記得把馬桶沖乾淨，看著水中顏色由混濁交融到光潔明澈，再迅速的把門打開，去洗手臺上洗洗手，完成最後的第五個步驟。

　　等一下如廁，你不妨試試，循環一下剛才的五個步驟，一定能有與平常「來匆匆、去沖沖」不一樣的體會，而達到通體舒暢的境界。

　　以下再舉兩篇學生的佳作，雖然在第一段的結構布局沒有模仿蕭蕭的寫法，但是筆致很細膩，鋪陳發展自然，顯然受到

範文的激發，而能跳脫出原作，發展自己的想法。

　　　　　吃剉冰的四個步驟　　張瓊文

　　一年四季當中，我最喜歡夏天。因為在炎熱的夏天裡來上一盤清涼消暑的剉冰，可以讓人彷彿置身於企鵝的故鄉──南極。整個人的心情也會愉快了起來，但吃剉冰可不是隨便吃的，吃剉冰時請遵守下列四個步驟：

　　當剉冰一來，請不要衝動的攪拌，因為這樣就破壞了好好享受剉冰的心情。首先，請先拿起湯匙舀起一小口原味的剉冰，放進嘴裡含著，享受那原味的剉冰滋味。就在此刻，你會心情愉快的進入南極的世界。

　　第二個步驟就是吃剉冰上的配料。有紅豆、綠豆、花生、草莓、仙草、薏仁等不下十數種各樣的配料，但切記，在吃這些配料的時候要先一種一種單獨吃哦！因為要先好好品嘗在剉冰裡的各種不同的味道。每吃一樣就會有不一樣的幸福感。吃草莓的時候會有戀愛般的酸甜感，吃紅豆的時候會有童年的快樂感。所以吃剉冰上的配料是很重要的步驟哦！

　　品嘗完原味的配料後，接著就是煉乳登場了。在原味的剉冰上淋上厚厚一層的煉乳，再拿起湯匙混著配料大大的挖一口放進嘴裡，天啊！這種剉冰的滋味真的是美味到不知如何來形容，會讓

我想起小時候回鄉下跟表兄弟姐妹一起玩耍的童年，因為煉乳是童年的代表作，是每個小孩的最愛，煉乳配剉冰真的是人生一大享受啊！

最後第四個步驟，就是在加著煉乳的剉冰上再加一點點甜甜的蜂蜜。此時，你就會看到土黃色的蜂蜜在晶亮透明的剉冰上緩緩流下，光是看到這可口的畫面，口水就忍不住要流出來了。冰涼的剉冰加甜甜的蜂蜜，這樣的吃法簡直是人生一大享受，覺得能在炎熱的夏天裡吃到這樣「透心涼」的剉冰，真的是太幸福了。蜂蜜跟剉冰真的是天生一對的絕配。

在即將到來的夏天裡，一定要到冰店點一盤冰冰涼涼的剉冰，保證讓你忘卻外面的酷熱，進入剉冰幸福的國度中哦！

　　　　吃泡麵的五個步驟　　　郭庭豪

泡麵，乃生活中不可或缺的伙伴。看電視時肚子餓了，可以來一杯；閒來沒事可做時，也可以來一杯。它隨時都在你我身邊，唾手可得。今天我就來告訴大家，可以讓泡麵吃得有樂趣的五個步驟。

吃泡麵的五字訣的第一招：「吹」。當麵上桌時，香味四溢，這時，輕輕的將碗蓋撕開，把手邊的筷子放入碗中輕輕的攪拌，然後把它夾到你

的面前，徐徐的吹一下，麵的香味立刻往四面八方散出去，所謂「泡麵香下死，做鬼也風流」，大概就是這個意思吧。

第二招也是非常重要的一個步驟，那就是「含」，這個小地方往往被忽略掉。有些人吃麵的時候，常會將麵大口大口的吞下去，而沒有吸取到麵與湯汁的極致的精華，這是非常可惜的。把麵夾起來把它放入口中，稍微用力的吸入，在這過程當中，一方面你可以將麵降低它的溫度，一方面也可以享受到吸吮的快感，何樂而不為？

其實第三個步驟與第二個步驟可以合而為一的，只是碰到對吃泡麵稍微講究一點的人，他們就會非常挑剔了。第三個步驟就是「吸」。沒錯，在將麵吸入口中的同時，也將湯汁吸入，麵與湯汁這兩個絕妙搭配下，美味在口中是久久無法散去的。所以我推薦第二個與第三個步驟分開，會有意想不到的好滋味。

吃完麵，喝完湯後，不要以為這樣就結束了，真正的樂趣其實還在後面呢！有些人吃完麵時，碗中常常會留下些許的麵渣、蔬菜，以及一點湯汁，我告訴大家，這實在太糟蹋了……。浪費食物是不好的，所以將您的舌頭微微的伸出來，把殘留的餘渣捲進嘴裡，這叫做「掃」，其實也別有一番風味呢！

不過，千千萬萬別這樣就結束了，客倌們，

　　這個時候非常重要，也是最最最棒的一刻，那就是將您的小拇指伸出來，將嘴裡面的殘渣剔除乾淨，既衛生又不失形象，這就是「摳」。

　　人人都吃泡麵，人人也都愛吃泡麵，有些人甚至天天以吃泡麵為樂，但是要如何才能吃得美味又有樂趣，就得動動腦筋囉！

四、教案教學方法

　　在仿寫這一單元中，希望學生能表現優異，那以下的建議將極為受用：

(一)選材得宜

　　選擇學生能具體掌握其特質的文字才合適當作範例，其形式或內容要有明顯的特色，才合適作為仿寫的對象。由於學生寫作的程度高低相差很多，因此任教老師在說明及提示時，要讓學生清楚地了解他們必須模仿的部分何在，哪些又是他們需要自由發揮創意的部分。

(二)作品深入的分析

　　惟有讓學生領略到範文的佳美處，理解名家寫作技巧高妙所在，以及要如何鋪陳方能深化文章的內涵，這樣學生才能夠進入文藝的世界，舉一反三地也來探索自己心靈中屬於文學的園地。因此任教老師深入淺出的賞析，就成為影響學生仿寫成敗的關鍵，實不能輕忽看待的。

(三)實例觀摩

在批閱完作業後，通常有兩種有效的作法：一是將表現特殊的作品在課堂宣讀讓學生欣賞，再請作者說明寫作時的理念或情感，而後開放讓學生提出看法來討論、交流。另一是將優選的作品打字製成講義，讓學生能夠「見賢思齊」；等學生閱讀一遍之後，先由作者說明寫作當時的構思或是想表達的情感，再由任教老師賞析全文並指出可改進之處，接著讓其他學生發表意見，有時學生也會提出修改的建議，此時往往引發其他同學也提出自己的見解，並與作者對答。

當然任教老師若希望全班都能很專注、很認真的閱讀欣賞同學的作品，那舉行「全班評鑑」活動將是很適切的。讓全班同學都來當評審，方法是每人發放一張選票，讓學生在講義上的十篇作品中（只有作品編號，沒有作者姓名），圈選其中六篇較喜愛的，分別給予一至六分各一篇，再由任教老師統計後於下星期課堂中，首先宣布榮譽榜──作者的姓名。每人都給予小小的獎勵，再宣布大家所票選的前六名，並分別加以讚揚，接著對票選前三名的同學也給予獎勵，激發未入選同學的參與感。

讓學生來當評審，學生感到自己的鑑賞力受到重視，大部分的同學都會很慎重的評分，由他們所選出的作品就可以覺察出來他們的眼光是很不錯的。透過這樣的活動能提升學生的榮譽感，日後更認真的寫作；往往有些學生原本對寫作意興闌珊，但是其偶然之佳作一被刊出，以後便完全改變他草率的寫作的態度，認真以赴。例如有位男同學，上課經常趴在桌上睡覺，

到逼不得已，非寫作不可時才開始提筆。他仿寫時的作品就是
自己的寫照：

> 學校是
> 成天發呆恍神
> 花了 140 元的車錢坐到醒吾
> 結果上課都在睡覺，除了大學寫作以外

> 學校是
> 成天發呆恍神
> 繳了五萬元讓我在醒吾念書
> 結果都不知道老師上課在教啥，除了大學寫作以外

> 學校是
> 成天發呆恍神
> 即使是趴在難以入睡的課桌椅上
> 不出三十秒還是會被周公帶去他的世外桃源，除
> 了大學寫作以外

當他發現自己的作品竟然被選為佳作讓同學觀摩時，作者顯露
出詫異的神情。全班同學閱讀後，覺得他所描述的很切合他的
課堂實況，可說是既寫真又傳神，紛紛給予高度的肯定。當名
次揭曉時，他在同學掌聲中領取筆者的獎品，神色是靦覥中帶
著高興與難以置信。當時任教老師就揣測，日後他應該會改變
學習態度；果不其然，這位學生此後上課改變了以往鬆懈、無

所謂的態度，不但少遲到，而且對習作都很認真，任教老師對他的進步感到很滿意。

㈣認真且快速的批改

學生作業繳來後，老師若能很快的批改，在後一、二星期發回，對學生而言是一種立刻的回饋，能夠很快得到的成就感，可以加強其用心寫作的動力。學生認真於寫作，老師會由字裡行間感受到那分真誠；同樣的，老師認真的批閱，學生也會感受得到，並把這分感動轉化到自己的下一篇作品中。

㈤評語的肯定

若是每一份作業都能夠有評語及鼓勵，這是很好的師生心靈交流。當學生得到肯定，對自己更有信心，自會盡力以赴；而適當的指出該改進之處，學生便能日漸進步。教師的評語若採用「先褒後貶」的方式，先對學生作品的優點加以讚揚，那麼學生對於後面教師所指出的缺點，以及建議改進方法也就很容易接納了。

五、寫作練習

1. 閱讀是——
2. 學校是——
3. ……的□個步驟
4. □內

附　錄

小城　　陳黎

遠東百貨公司

阿美麻糬

肯德基炸雞

惠比須餅舖

ㅂㅂ情趣用品店

百事可電腦

收驚

震旦通訊

液香扁食店

真耶穌教會

長春藤素食

固特異輪胎

專業檳榔

中國鐵衛黨

人人動物醫院

美體小舖

四季咖啡

郵局

大元葬儀社

紅蓮霧理容院

富士快速沖印

如歌的行板　　瘂弦

溫柔之必要

肯定之必要

一點點酒和木樨花之必要

正正經經看一名女子走過之必要

君非海明威此一起碼認識之必要

歐戰，雨，加農砲，天氣與紅十字會之必要

散步之必要

溜狗之必要

薄荷茶之必要

每晚七點鐘自證券交易所彼端

草一般飄起來的謠言之必要。旋轉玻璃門之必要。

盤尼西林之必要。暗殺之必要。

　晚報之必要

穿法蘭絨長褲之必要。馬票之必要

姑母遺產繼承之必要

陽臺、海、微笑之必要

懶洋洋之必要

而既被目為一條河總得繼續流下去的

世界老這樣總這樣：——

觀音在遠遠的山上

罌粟在罌粟的田裡

貳　改寫寫作能力指引

一、改寫的定義

　　所謂「改寫」就是指對原來作品在形式或內容上的鎔裁轉化，進而寫出與原作品既存在著一定關連，卻又不相同的新作品。和仿寫有所不同的是：仿寫是以原作品某種形式上或內容上的雷同為目標，屬寫作訓練中的入門，希望藉由仿效的作法來提升寫作能力；而改寫則是聚焦在某一形式上或內容上的改變，需要想像力的馳騁，是藉由作品的再改造來凸顯自己的思維的一種訓練方式。簡而言之，仿寫與改寫兩者均以他人作品為素材，但前者是某個層面的求同，後者則是某個層面的求異。

　　「改寫」的寫作方式，可說是自古已有之，古人所謂的「隱括」、「鎔鑄」即是此法，如明沈德符《野獲編・詞曲・拜月亭》：即提到「予最愛《繡襦記》中〈鵝毛雪〉一折，皆乞兒家常口頭話鎔鑄渾成，不見斧鑿痕跡。」明言明傳奇作品《繡襦記》中〈鵝毛雪〉一折，即從當時乞丐口語改寫而成。現今學生在寫作報告時，經常因為不知如何組織及表現自己獨特的想法，而陷於抄襲的泥淖之中，主要的原因之一乃是無法將他人著作精華吸收，轉化為自己的本錢，進而發揮。因此，這種由他人作品取材，點鐵以成金的方式，屬於一種再創造的能力培養，在寫作課程的訓練過程中，實不能加以忽略。

二、改寫的內涵

　　文章的改寫既如前言，是對於原作品形式或內容上的轉化及改變。透過這樣的訓練方式，對於一文學作品的文體、結構、語言、技巧、特色……方面都將有較深入的認識。這和一向被強調在寫作訓練過程中不能偏廢的閱讀能力有著直接而重要的關連，因為學生在自我閱讀、積累的方式上，如未經指導，往往是走馬看花，無法深刻品味作品，因此閱讀的量或許不少，吸收並轉化為表達能力的品質卻是效果不彰。

　　而改寫在要求學生對某一作品進行改造的過程中，會引導學生對作品進行相關資料，如時代、作者、背景、歷史、寓意……方面的蒐集，教師在課堂上亦可藉此對該作品的文體、結構、語言、技巧、特色……方面作一全面性的解析，較諸學生自行閱讀，其成效要來得高上許多。

　　透過改寫的訓練，可以從中培養分析、概括及想像的能力，同時在語言表達能力上也能同步得到提升。因為改寫的練習能學會運用各種常用文體和各種不同的表現方法，閱讀力因而得以轉化為寫作力。這是在作改寫練習時，必須先有的認識。

三、改寫的方法

　　改寫他人作品不是拾人牙慧、人云亦云，事實上經過適當的組織及表達，改寫不但能呈現出另一番風貌，或許還可能青出於藍而勝於藍，有著出人意表的成果。從另一方面來看，即使所作主題雷同，所改變的僅是表達的類型，亦往往能予人耳目一新的感受。舉例而言，明羅貫中《三國演義》中收錄了楊

慎的〈臨江仙〉一詞，楊慎此作前幾句云：

> 滾滾長江東逝水。
> 浪花淘盡英雄。
> 是非成敗轉頭空。
> 青山依舊在。幾度夕陽紅。

其所描寫的意象為對三國人物的懷想，其實早在宋朝時蘇東坡〈念奴嬌〉一詞即有類似的寫法：

> 大江東去，浪淘盡，千古風流人物。
> 故壘西邊，人道是，三國周郎赤壁。
> 亂石崩雲，驚濤裂岸，捲起千堆雪；
> 江山如畫，一時多少豪傑。

從以上兩首古代作品來作觀察，即可發覺書寫類似意象，透過不同的表達，別有一番風味。這是表達上的不同，並沒有抄襲上的問題。

說到改寫，古代文人即多有此類著作，較著名的如蘇東坡改寫陶淵明的〈歸去來辭〉，先看陶淵明的作品：

> 歸去來兮，田園將蕪胡不歸？既自以心為形役，奚惆悵而獨悲？悟已往之不諫，知來者之可追。寔迷途其未遠，覺今是而昨非。舟搖搖以輕颺，風飄飄而吹衣。問征夫以前路，恨晨光之熹

微。

　　乃瞻衡宇，載欣載奔。僮僕歡迎，稚子候門。三徑就荒，松菊猶存。攜幼入室，有酒盈樽。引壺觴以自酌，眄庭柯以怡顏。倚南窗以寄傲，審容膝之易安。園日涉以成趣，門雖設而常關。策扶老以流憩，時矯首而遐觀。雲無心以出岫，鳥倦飛而知還。景翳翳以將入，撫孤松而盤桓。

　　歸去來兮，請息交以絕游。世與我而相違，復駕言兮焉求？悅親戚之情話，樂琴書以消憂。農人告余以春及，將有事於西疇。或命巾車，或棹孤舟。既窈窕以尋壑，亦崎嶇而經丘。木欣欣以向榮，泉涓涓而始流。善萬物之得時，感吾生之行休。

　　已矣乎，寓形宇內復幾時！曷不委心任去留？胡為遑遑兮欲何之？富貴非吾願，帝鄉不可期。懷良辰以孤往，或植杖而耘耔。登東皋以舒嘯，臨清流而賦詩。聊乘化以歸盡，樂夫天命復奚疑！

蘇東坡將原來為韻文的〈歸去來辭〉改寫為散體的〈哨遍〉（歸去來辭），其文如下：

　　為米折腰，因酒棄家，口體交相累。歸去來，誰不遣君歸？覺從前皆非今是。露未晞，征夫指予歸路，門前笑語喧童稚。嗟舊菊都荒，新松暗老，吾年今已如此！但小窗容膝閉柴扉，策杖看

　　　孤雲暮鴻飛，雲出無心，鳥倦知返，本非有意。
　　　　　噫歸去來兮，我今忘我兼忘世。親戚無浪語，
　　琴書中有真味。步翠麓崎嶇，泛溪窈窕，涓涓暗
　　谷流春水。觀草木欣榮，幽人自感，吾生行且休
　　矣！念寓形宇內復幾時？不自覺皇皇欲何之？委
　　吾心、去留誰計？神仙知在何處？富貴非吾志。
　　但知臨水登山嘯詠，自引壺觴自醉。此生天命更
　　何疑？且乘流、遇坎還止。

可以說將陶淵明〈歸去來辭〉作了形神畢肖的改寫，不但不因
此而被視為口水文章，反而被賦予頗高的評價。

　　然而，時至今日要對他人作品進行改寫，當然不是要學生
以上述的楊慎、蘇東坡為師，畢竟古今語言文字的表達各有不
同。但綜括而言，改寫在方式上是很多樣化的，甚至可以說是
沒有限制的，練習時可以多方嘗試及揣摩。以下略舉幾個經常
使用的方法作為寫作前的引導。

(一)體　裁

　　改寫他人作品可從體裁入手，例如把詩歌改變成記敘文，
小說改寫成劇本，成語（歇後語）改寫成小說，圖畫（動畫）
改寫成故事……。這方面要能掌握各種文體的要點與特色，例
如詩歌改寫成記敘文，並不是將原來的詩歌翻譯成白話而已，
而是要將原來簡鍊、跳躍、充滿想像力的詩句所無法或難以表
達出的部分，透過生花妙筆，有條理的、有順序的呈現出來。
例如自魏晉南北朝開始流傳的〈木蘭詩〉中，描寫木蘭代父從

軍十二年，功成歸鄉，回復女兒身，詩云：

> 唧唧復唧唧，木蘭當戶織。
> 不聞機杼聲，唯聞女嘆息。
> 問女何所思，問女何所憶。
> 女亦無所思，女亦無所憶。
> 昨夜見軍帖，可汗大點兵。
> 軍書十二卷，卷卷有爺名。
> 阿爺無大兒，木蘭無長兄。
> 願為市鞍馬，從此替爺征。
> 東市買駿馬，西市買鞍韉。
> 南市買轡頭，北市買長鞭。
> 朝辭爺孃去，暮宿黃河邊。
> 不聞爺孃喚女聲，但聞黃河流水鳴濺濺。
> 旦辭黃河去，暮至黑山頭。
> 不聞爺孃喚女聲，但聞燕山胡騎聲啾啾。
> 萬里赴戎機，關山渡若飛。
> 朔氣傳金柝，寒光照鐵衣。
> 將軍百戰死，壯士十年歸。
> 歸來見天子，天子坐明堂。
> 策勳十二轉，賞賜百千強。
> 可汗問所欲，木蘭不用尚書郎。
> 願借明駝千里足，送兒還故鄉。
> 爺孃聞女來，出郭相扶將。
> 阿姐聞妹來，當戶理紅妝。

　　阿弟聞姐來，磨刀霍霍向豬羊。
　　開我東閣門，坐我西閣床。
　　脫我戰時袍，著我舊時裳。
　　當窗理雲鬢，對鏡貼花黃。
　　出門見伙伴，伙伴皆驚惶。
　　同行十二年，不知木蘭是女郎。
　　雄兔腳撲朔，雌兔眼迷離。
　　兩兔傍地走，安能辨我是雄雌。

詩中對於花木蘭代父從軍、女扮男裝的軍旅生活未加著墨，只有「出門見伙伴，伙伴皆驚惶。同行十二年，不知木蘭是女郎」短短數語，究竟一介女流如何在軍中扮作男生，且十二年不為人查察，著實令人好奇，在改寫成記敘文的表達上，或許就可以針對這一塊加以描寫，而不必全盤描述。

㈡角　色

　　角色的改換也是改寫時常用的方法之一，例如：把原來第一人稱的敘述方式改變成旁觀的第三人稱，這樣呈現出的效果要來得客觀得多。或者反過來把第三人稱改變成第一人稱，這樣易予人感情真摯的看法。舉例而言，唐杜甫的敘事詩〈石壕吏〉是以杜甫的角度觀察及描寫戰亂時百姓面對官方強徵民兵的社會悲慘現狀，詩云：

　　暮投石壕村，有吏夜捉人。
　　老翁逾牆走，老婦出門迎。

> 吏呼一何怒，婦啼一何苦。
> 聽婦前致詞，三男鄴城戍。
> 一男附書至，二男新戰死。
> 存者且偷生，死者長已矣！
> 室中更無人，惟有乳下孫。
> 有孫母未去，出入無完裙。
> 老嫗力雖衰，請從吏夜歸。
> 急應河陽役，猶得備晨炊。
> 夜久語聲絕，如聞泣幽咽。
> 天明登前途，獨與老翁別。

原本是第三人稱的寫法，在練習時不妨將之改成第一人稱的寫法，嘗試從老婦人、老婦人的丈夫，甚至是強徵民兵的官員等不同的角度切入，來描寫整個事件的經過及當事者內心的感受，當會有不同的效果出現。另外，除了人稱的改變之外，在人物角色的呈現上，亦可針對其特點加以放大（誇張）或改變，以呈現出不同的效果。

㈢結　構

在改寫時亦可將原作的結構作一更改，以呈現出不同的風格。例如把順敘改為插敘、倒敘，或者把倒敘改為順敘等。舉例而言，前舉之杜甫〈石壕吏〉一詩，由官吏強徵民兵，一戶人家的老翁聞聲跳牆逃走，躲避徵伕。留下老婦人面對不假辭色的官吏，老婦人自述幾個兒子或戍守邊疆，或戰死沙場，家中再沒有男人可供徵用，只剩下自己和尚在哺乳的媳婦和年幼

的孫子，老婦請求免徵未果，只好自薦代替年邁丈夫隨官吏遠赴軍中，擔任炊事的工作。躲在附近的丈夫聞言，啜泣聲依稀可聞，但萬般無奈，只得與年老的先生告別啟程。此詩採用順敘的寫法，由官吏登門要人，寫至老婦身不由己遠赴軍中，娓娓道來，令人掬一把同情之淚。改寫時，若改變其結構，可嘗試將順敘改為倒敘，由老婦人含淚離家，踏上征途寫起，回溯至其隱瞞丈夫下落，幾個兒子或已在軍中或戰死沙場，只留下孤兒寡婦，無所依靠，最後再寫官吏強徵民兵的惡形惡狀。結構作了改變，所呈現出的效果亦大異其趣，是可以嘗試的作法。

㈣語　言

在語言的改寫上，如把韻文改為散文，文言改為白話等。必須留意每一種語體的特色及表達方式，如文言改為白話，並非只要翻譯即可，而是要抓住文章的特色來進行改造，以《左傳‧曹劌論戰》為例，其原文如下：

> 十年春，齊師伐我，公將戰。曹劌請見，其鄉人曰：「肉食者謀之，又何間焉？」劌曰：「肉食者鄙，未能遠謀。」乃入見。
>
> 問何以戰？公曰：「衣食所安，弗敢專也，必以分人。」對曰：「小惠未徧，民弗從也。」公曰：「犧牲玉帛，弗敢加也，必以信。」對曰：「小信未孚，神弗福也。」公曰：「小大之獄，雖不能察，必以情。」對曰：「忠之屬也，可以一戰。戰，則請從。」

　　公與之乘，戰於長勺。公將鼓之，劌曰：「未
可。」齊人三鼓，劌曰：「可矣。」齊師敗績，公將
馳之。劌曰：「未可。」下視其轍，登軾而望之。
劌曰：「可矣。」遂逐齊師。

　　既克，公問其故。對曰：「夫戰，勇氣也。一
鼓作氣，再而衰，三而竭。彼竭我盈，故克之。
夫大國，難測也，懼有伏焉。吾視其轍亂，望其
旗靡，故逐之。」

　　曹劌在文中是一個忠貞愛國，有卓越見識、且觀察力敏銳
的人，由於他具有這樣的特色，故在戰場上能洞悉人心，大敗
齊師。在改寫文言成白話時，不妨抓住這個要點來加以發揮。

(五)描　述

　　另一個改寫的方式可以從描述上下手，例如將描寫改為敘
述，將一般敘述改為對話等。舉例來說，唐李華寫〈弔古戰場
文〉，敘述了沙漠戈壁的荒涼淒惋及戰場上士兵肉體、精神上的
痛苦，描述了戰爭所帶來的影響，可謂古代反戰思想的經典作
品，今節錄其部分原文如下：

　　鼓衰兮力竭，矢盡兮弦絕。白刃交兮寶刀折，
兩軍蹙兮生死決。降矣哉！終身夷狄；戰矣哉！
骨暴沙礫。鳥無聲兮山寂寂，夜正長兮風淅淅。
魂魄結兮天沉沉，鬼神聚兮雲冪冪。日光寒兮草
短，月色苦兮霜白。傷心慘目，有如是耶！⋯⋯

　　　　蒼蒼蒸民，誰無父母？提攜捧負，畏其不壽。
　　　誰無兄弟？如足如手。誰無夫婦？如賓如友。生
　　　也何恩？殺之何咎？其存其歿，家莫聞知。人或
　　　有言，將信將疑。悁悁心目，寤寐見之。布奠傾
　　　觴，哭望天涯。天地為愁，草木悽悲。弔祭不至，
　　　精魂何依？必有凶年，人其流離。嗚呼噫嘻！時
　　　耶？命耶？從古如斯，為之奈何，守在四夷。

　　作者之對參戰士兵及家庭的哀嘆感傷溢於言表，倘以兩戰場上
士兵的對話，或者是回歸家園的士兵與家人的對話來呈現這股
哀傷的感情，想必更有親臨其境的感覺，是值得作為改寫焦點
的。

㈥觀　點

　　從文章的觀點上去作改寫，亦可呈現出不同風貌，例如將
以甲為主改為以乙為主，或改變文章的中心人物等。舉例來說，
唐傳奇的名篇〈杜子春〉寫杜子春不學無術，揮霍度日，終於
敗光萬貫家產，流落街頭，後來巧遇道士，道士數次試探杜子
春，給予一次比一次多的錢財，但杜子春均揮霍殆盡，道士認
為杜子春絕情棄智，頗為特異，是可造的仙才。杜子春後來為
感念道士多次伸出援手，亦答應道士，助其煉丹，條件是需面
對各種妖魔幻象的考驗，不得出聲，杜子春在受盡各種折磨考
驗時，為信守承諾，堅不出聲，後在幻境中投胎轉世為女兒身，
並在眼見骨肉為先生所摔死，終於無法克制的發出哀嘆之聲，
導致道士煉丹失敗，杜子春的成仙之道亦告終結。其結局云：

　　　　初五更矣，見其紫焰穿屋上，大火起四合，
　　屋室俱焚。道士嘆曰：「錯大誤余乃如是。」因提
　　其髮，投水甕中，未頃火息。道士前曰：「吾子之
　　心，喜怒哀懼惡欲皆忘矣，所未臻者愛而已。向
　　使子無噫聲，吾之藥成，子亦上仙矣。嗟乎，仙
　　才之難得也！吾藥可重煉，而子之身猶為世界所
　　容矣，勉之哉。」遙指路使歸。子春強登基觀焉，
　　其爐已壞，中有鐵柱，大如臂，長數尺，道士脫
　　衣，以刀子削之。子春既歸，愧其忘誓，復自效
　　以謝其過。行至雲臺峰，絕無人跡，嘆恨而歸。

整篇小說乃以杜子春的觀點出發，寫其陷於物欲而無法自拔，
寫其感恩而追隨道士，寫其歷盡鬼怪威嚇，寫其為殘存人性所
困而無法成仙。倘在改寫時，可以嘗試由道士的觀點書寫，寫
道士為何挑中杜子春為試探對象，寫道士如何再三試探，寫道
士如何勸化杜子春，寫道士如何旁觀杜子春受盡磨難，寫道士
在煉丹失敗後何去何從……，這些都是原來小說中較弱或未寫
到的一環，如此一來整個小說將有完全不同的走向，予人的感
受也將隨之有所不同。

(七)手　法

　　改寫時在表現手法上亦可略作改變，如將詳寫處改為略寫，
將略寫處改為詳寫，或將故事情節的明線改為暗線，將暗線改
為明線。例如南朝吳均《續齊諧記》中的〈陽羨書生〉（〈許彥
鵝籠〉）原為一約五百字上下的志怪故事，原文如下：

　　陽羨許彥於綏安山行，遇一書生，年十七、八，臥路側，云腳痛，求寄鵝籠中。彥以為戲言。書生便入籠，籠亦不更廣，書生亦不更小，宛然與雙鵝並坐，鵝亦不驚。彥負籠而去，都不覺重。

　　前行息樹下，書生乃出籠謂彥曰：「欲為君薄設。」彥曰：「善。」乃口中吐出一銅奩子，奩子中具諸餚饌，珍羞方丈。其器皿皆銅物。氣味香旨，世所罕見。酒數行，謂彥曰：「向將一婦人自隨，今欲暫邀之。」彥曰：「善。」又於口中吐一女子，年可十五、六，衣服綺麗，容貌殊絕，共坐宴。俄而書生醉臥，此女謂彥曰：「雖與書生結妻，而實懷怨。向亦竊得一男子同行；書生既眠，暫喚之，君幸勿言。」彥曰：「善。」女子於口中吐出一男子，年可二十三、四，亦穎悟可愛，乃與彥敍寒溫。書生臥欲覺，女子口吐一錦行障遮書生。書生乃留女子共臥。男子謂彥曰：「此女子雖有心，情亦不盡。向復竊得一女人同行，今欲暫見之，願君勿洩。」彥曰：「善。」男子又於口中吐一婦人，年可二十許。共酌，戲談甚久。聞書生動聲，男子曰：「二人眠已覺。」因取所吐女人還納口中。須臾，書生處女乃出謂彥曰：「書生欲起。」乃吞向男子，獨對彥坐。然後書生起，謂彥曰：「暫眠遂久，君獨坐，當悒悒邪？日又晚，當與君別。」遂吞其女子諸器皿悉納口中，留大銅盤可二尺廣，與彥別，曰：「無以藉君，與君相憶也。」

張曉風將〈陽羨書生〉(〈許彥鵝籠〉) 改寫成七八千字的白話小說〈人環〉,小說中將原來簡略的內容詳細敘述,從許彥的身世寫起,到巧遇書生,再寫書生入鵝籠、口吐酒食、女孩貞娘,貞娘又口吐另一相好李生,李生再口吐一女蜜姬,彼此情感糾葛,層層套疊,神異奇想予人無限想像空間。由於小說篇幅過長,以下僅節錄其結尾以作對照:

> 　書生不再說什麼,逕自把杯盞往口裡吞,最後,剩下兩個直徑二尺大的銅盤,他放在手裡把玩一會,忽然說:「這個送給你,做個紀念」。許彥道了謝,接下了,銅盤又大又亮,許彥在兩張盤裡看見自己交錯的臉。
>
> 　放下盤子,許彥正想讚美幾句,忽然發現連書生也不見了,整個一串「人環」竟倏然而滅,綠漫漫的一片派到天邊的春草裡,只有兩隻關在籠子裡的白鵝顯得異樣的真實。許彥慘慘地挑起鵝籠,他終於想起他出來是幹什麼的了——他得去王家,給小爺納采。
>
> 　到底只是春天的日頭,才過正午,許彥已經一點也不覺得躁熱了。①

　除以上述諸點,改寫還可針對其他方面,例如時代的背景、事件的結局……就是一個可以考量改變的重點。但無論方法為

---

① 見張曉風,《曉風小說集》,臺北:道聲出版社,民國70年。

何，基本上改寫可以往發揮想像、增添人物、設置對話、擴充情節……方面來考量，才能經營出迥異於原作的風格與趣味。

四、教案教學方法

在教學上，改寫必須著重在培養學生自己改變的能力，教師並不適合規定及干涉太多，只能扮演引導和技巧指點的角色，該怎麼改寫必須讓學生自己去考慮及決定。今將教學的步驟簡述如下，作為參考：

(一)尋找題材

改寫之前須先決定要進行改寫的題材，而題材本身必須要具備符合改寫的特點，這些特點可以從前述的方法上去作觀察。然如今學生閱讀風氣並不鼎盛，連帶的在尋找題材上就存在著許多障礙。因此，在改寫訓練進行時，教師可以嘗試擇一、二範文，先作特色解析，幫學生釐清思緒、發現焦點，再要求學生針對範文進行改寫，在成效上會較具體。

(二)了解題材意思、背景及相關資料

在決定題材之後，教師除了範文的解說外，可以同步要求學生上圖書館或在網路上查閱該作品的相關資料，諸如作者生平、創作意圖、時代背景、作品評價……，務使對該作品有全面而深刻的認識再進行改寫，否則所認膚淺，充其量只能成為遊戲文字，難以經營出自己的風格及特色。且既然無法掌握原始作品的精髓，改寫出的作品也就容易畫虎不成反類犬。

㈢找出改寫的焦點

充分了解原作品的體裁、表達方式,及相關的背景、意涵之後,就是在作品中找出自己想改編的焦點。這部分可說是既容易又困難的,容易的是學生往往很快就可以決定自己想改寫的焦點,困難的是這個焦點可能並不是整個作品較值得改寫的地方。在判斷上學生經常率性為之,欠缺考慮,也使得作品的成果無法達到預期。因此在決定改寫的焦點時,教師必須多方引導,才容易有佳作出現。

㈣設計表達方式

在協助學生摸索出改寫的焦點後,接著要讓學生設計自己的表達方式,具體方法前文已提過,此處略過不談。需要特別提醒的是,改寫雖然有基本理論支持,方法亦有跡可循,但並不是一成不變的,一旦進入了狀況,很可能學生會寫出令人意外的有趣作品。因此,在表達方式的設計上應多鼓勵學生往與眾不同的方向思考,其中結合學生自我的特色來作表達上的設計可能是一個較理想的走向。

㈤進行創作

前述諸項都準備完後,最後就是進行實際的寫作。這部分我們建議在課堂上進行,讓學生在上課時進行寫作,一來可避免學生回家雜務眾多、倉促急就之缺憾,二來課堂上即時的發問與溝通得以立即解決學生的疑慮及困難。另外,所謂「三分文章七分改」,好作品是改出來的,因此課堂上的寫作時間不宜

太過緊湊，應給予寬緩的時間，讓學生細心規劃及用心修改，成效較佳。

㈥作品討論

作品寫作完畢後，可以由教師先行批改，先行決定較有討論價值的作品(較優秀或較差者)，然後在課堂上一一加以討論。討論的方式可以先讓學生朗讀自己的作品，搏取同學的共鳴，提高學生的參與感，同時也藉此機會聽聽同學的看法及建議，或者在同學的想法中，有沒有再改寫的可能？這部分是課程進行很重要的步驟，需要慎重的規劃。

五、寫作注意事項

1. 改寫主要改變的是文章的表現形式或表達方式，在內容上雖然也應該力求創新，但改寫後的文章應當盡可能保持原文的基本內容和主要精神，不應全然改變。

2. 改寫的創造性不是胡思亂想、天馬行空、毫無邊際，而是合理、合邏輯，有跡可循的改造。因此，原作的靈魂字句可加利用，但應跳脫開原作品的架構，儘量以自己的語言來創作。

3. 改寫前必須精確的抓住原作品的主要特色及既有的精華字句，並對相關背景、資料認真品味才能有十分透徹的了解，從中去掌握及突出自己想表達的中心點，才能進一步加以添枝加葉、裁剪組織或擷取精華來進行改造。

4. 改寫時應儘量發揮自己的想像力，嘗試以不同視角、不同風格、不同人物、不同時間、不同地點、不同情節、不同結局……多方面，來進行聯想及改造。

5. 改寫時務必針對作品的特點進行改寫，例如為了著力刻劃人物的形象，在想像中要儘量使自己置於如臨其境，如見其情，如聞其聲的境地。只有飽含著這種思想感情，才能琢磨人物的神態、舉動、語言，也才能琢磨該選用哪些符合人物年齡、性格特點的形象語言。

6. 改寫可從自身的特點出發，嘗試寫出具有個人特色的文章來。掌握了個人特色，日後才能持續成長，成為社會上需要的創新型人才。

7. 單純的改寫若有所疑慮或阻礙，不妨結合縮寫、擴寫、續寫等技巧，改寫出來的作品會更有特色。

六、寫作練習

試以上述諸例之一為題進行改寫。

參 摘要寫作能力指引

一、摘要寫作的定義

　　將文本（包含書面、聽覺類及視覺類文本）或經驗以最少的字數或有效率的新方式加以重述，就是摘要。摘要可以清楚正確的濃縮閱讀內容、聽講內容或學習經驗，但不宜有個人的意見或判斷。一般而言，摘要的篇幅約為原文 10%～25%，但長篇小說的摘要為原文的 1% 或以下。

二、摘要寫作的效用

㈠有助於長期記憶

　　現代人每天要接收的資訊數量龐大，在有限的腦容量之下，若能將資訊去蕪存菁、化繁為簡，當有助於長期記憶。就學生而言，學會做摘要的技術後，即可將大範圍的課業內容精簡，存入大腦後，需要時再一一點選。畢竟，學生最渴望的，就是擁有長期記憶的能力，那意味著優異的課業掌握能力和成績表現。

㈡語文的實用功能

　　舉凡作報告、作簡報、速記、訪問都需要具備揭示重點，概括主題的能力，至於寫作論文之前，將所研讀過的參考書籍

——作邏輯性、概括性的摘要就更不在話下了。

(三)有助於處理資訊

學習做摘要就是學習如何辨認重要資訊、刪去資訊、替換資訊、組織資訊以及保存資訊的過程。

(四)可運用於現代職業

例如新聞寫作必須以清楚簡潔的方式為特定讀者記錄觀察和體驗所得，摘要就是必須精通的有用技巧。再者，在高科技公司工作的員工也必須有能力閱讀與理解某些事物，然後經由操控資訊、重組資訊，將資訊應用到新情況，使這些事物有意義。可見做摘要是現實世界要求的技能。

三、摘要寫作的原則

進行摘要時要注意下列幾點原則：

(一)化繁為簡

把原文鋪敘的成分抽離，擷取文章菁華，也就是捉住文章的靈魂——文章的中心思想和關鍵字句。摘要不能斷章取義，東拼西湊，因為抓不到重心的文字就像一盤散沙，所以「化繁為簡」是精簡，而不是空洞。

(二)五臟俱全

摘要是把原作節略再組合，因此摘要前一定要仔細閱讀，消化整篇文章，經由自我統整，然後言簡意賅的表達出來。「麻

雀雖小，五臟俱全」，摘要後的文章仍要保留原作的精神與脈絡，才不至於變成一堆平淡乏味的文字。

(三)字斟句酌

欲使摘要的文字精鍊，不同文體有其應掌握的要件：例如記敘文特別注意「人、事、時、地」的發展線索，那些渲染氣氛或過度描繪的文字就可以刪除；論說文則注意「核心思想」，至於提出佐證的例子就可省略。斟酌過的字句，一定能使人嗅聞到其芬芳。

(四)再造新語

摘要時儘量少抄用原來詞句，宜多造新語，但不可偏離原文風格及文意。

四、寫作前的準備

(一)重複閱讀

在進行摘要前必須先認真地閱讀原文。一般而言，第一遍閱讀是概覽，第二遍則要決定重要內容，如此才能正確精準地理解文章的重心和要點。一般的作法是先列原文的結構綱要。記敘文，要釐清文章的層次，概括各個層次的內容；說明文，則要抓緊說明對象的主要特徵和說明的次序；議論文，比較重要的是提出論點和論證的部分。

㈡做註記和標重點

　　進行文章摘要前的註記一般而言有兩個途徑：第一，揭示關鍵詞句法：一邊閱讀時就一邊將重點關鍵文字畫上記號，俾便作總體思維整理時能掌握重點。第二，運用削去法：將次要的、瑣碎的、無關緊要的枝葉部分一一刪除，主要的、關鍵的自然就保留了下來。

㈢發展字彙

　　在摘要原文並加以改寫時，可採用以下兩種方法：以同義詞替換目前的字詞；重新安排句子或將原來以數個句子敘述的想法加以重組。無論何種方法，都必須指導學生增加新字彙，熟練同義詞和轉折詞的使用。

五、寫作後的自我評鑑

1. 摘要是否傳達了正確的資訊？
2. 摘要的範圍是否太寬或太窄？它是否傳達了全部的要素？它傳達的內容是否太多？
3. 其他使用這份摘要的人，能否獲得理解這個主題所需要的全部知識？
4. 概念的陳述順序是否正確？
5. 我是否略去個人意見，只是單純陳述原始文本的正確要點？
6. 我是否使用了自己的話語和風格？

六、寫作練習

依文章摘要的練習層次而言，可以分成四個階段：

㈠長句摘要

以下三例句引自《新型作文瞭望台》。（陳智弘等 2001）

例： 就空間而言，宇宙的確是廣闊無邊到不論如何都無法明確知曉何處才是它真正的盡頭。

　　→ 宇宙廣闊到無法知曉它的盡頭。

1. 一個卑微渺小一事無成的我在你彌天蓋地鋪展開來的豐功偉業陰影下，只有偷偷仰望的份。（15 字以內）

　　→

2. 那些了無生趣的人對於周遭的一切存在都麻木不仁，既不能覺察大自然的變化，也無法體會人性價值的可貴。（25 字以內）

　　→

㈡標題訂定

1. 寓言標題

(1)一對父子趕著要到另一個村莊去賣自家驢子，路上有人看著他們說：「這兩個傻瓜走得那麼辛苦，怎麼沒想到要坐在驢子上！」於是爸爸便和兒子一塊坐上了驢背。又沒多久碰上一群人說：「瞧這兩個懶人，再坐下去驢子背恐怕要斷

了。」爸爸於是從驢背上爬了下來，獨留兒子一人騎在背上。又沒多久再碰上一群人竊竊私語：「你們看那小孩真是不孝，居然讓爸爸用走的!」於是爸爸把兒子抱下來走路，自己便跳上了驢背。結果過沒多久路人又講閒話了，這時他們的心裡真是感到困惑，最後父子倆決定用一根扁擔把驢子一路扛進城裡了。(勿直接套用「父子騎驢」)

→

(2)有一天，孔子經過泰山旁邊，看見一個婦人在墓前哭得很傷心，他便俯身仔細傾聽。他讓弟子子路去問那婦女，為何哭得那麼淒慘，像是接連遇到幾椿傷心事似的。她告訴孔子，她的公公、丈夫和兒子都是死於虎口的。孔子奇怪為什麼她一家仍不離去呢? 原來是因為這裡沒有苛政的迫害，所以寧願忍受惡虎的肆虐。孔子聽後十分感嘆，叫弟子謹記：「暴虐的政治比老虎還凶猛。」(勿直接套用「苛政猛於虎」)

→

2. 新聞報導標題

為了吸引讀者的興趣，新聞報導的標題必須以短短一至二句的文字抓住故事的精髓。具吸引力的標題，可以使用各種修辭技巧，舉凡諧音、雙關、譬喻、轉化、排比、對偶、用典、押韻等，皆可適度運用。此外，要留意報導版面的所在，擬訂適切的標題，也就是說，政治社會版或家庭娛樂版等，其標題措辭有正式性與趣味性的差別。

範例：

　　　「寒冬溫情自己找　個性蠟燭為你點」

　　　歐美人喜歡在家中點蠟燭增加氣氛，尤其是
在寒冷的北歐，點些蠟燭可以營造溫暖的感覺，
當臺灣也邁入冬天時，不妨在家裡點些蠟燭，驅
除寒意。不想購買市面上隨處可見的量產蠟燭，
則不妨自己動手做，就可擁有獨一無二的蠟燭，
燃燒出具有個人風格的溫暖燭光。(品味生活版)

習作：
以下三則新聞報導，請分別定出適切的標題。

(1)臺北市政府建管處昨天原準備拆除南港明心禪
　　寺違建，寺方在入口處設了兩道路障，同時拆
　　掉越溪吊橋部分橋板，不讓拆除人員進入，一
　　度揚言建管人員如強行進入將自殺抗議；雙方
　　對峙近兩小時，寺方指查報資料有誤，要求申
　　覆緩拆，建管人員最後決定暫不拆除，讓寺方
　　提出相關資料補照。(地方新聞版)

(2)郵政總局今天發行的個人化祝福郵票引起民眾
　　熱烈迴響，目前訂購張數已超過十萬張，甚至
　　還有公司行號一次就要求訂購十萬張，不過郵

政總局因考慮到人力及機器有限，暫時還不敢接受。（財經新聞版）

(3)八大電視臺、香港天中公司斥資八千萬港幣拍攝電視劇「齊天大聖孫悟空」昨天在香港隆重開鏡，飾演「蜘蛛精」的日本性感女神飯島愛因班機延誤不克到場，讓「孫悟空」張衛健大表失望,他打趣說:「我今天來就是要看飯島愛，她沒來，我好失望!」（影視娛樂版）

㈢段落摘要

寫作段落摘要最直接的方法就是刪除法，一方面刪去文章中次要的、枝節的部分；一方面搜尋文章的重心和關鍵詞句，然後概括文章的中心思想，如此才能真正抓住文章的梗概和大要。
範例:

生活的配件瑣碎繁多卻又不可或缺！從信用卡、IC卡、大哥大、備忘錄，乃至於一雙合適足形的休閒鞋、宣告自我個性的香水品牌、酷炫造型太陽眼鏡、美白防曬隱藏你年齡祕密的保養品……角色擺盪在奢侈品或必需品之間的大小配件。也許一臺筆記型電腦也是必須的：配備超大容量的快取記憶體和硬碟，每日每日搜尋、下載

即時新聞八卦小道消息，存檔，刪除，存檔，刪除……其中也許有一筆資料儲在某個磁區的深處，永遠不被開啟，永遠被牢牢地寫在那裡，卻又等同被永久地遺忘。(吳文超〈城市生活配件〉)

摘要：

　　生活上的配件繁多，從各類卡片到包裝自我的商品，都不可或缺。筆記型電腦也是必需品，它將資訊塞進人們的目光和腦海，人們善於儲存資料，卻也總是遺忘曾經儲存的檔案。

習作：
以下三篇文章的段落，請試做摘要。

(1)你知道我並不是憤世嫉俗，如果我的言詞不夠委婉，那是因為我了解事態嚴重。電視雖然不排放廢氣，但是它照樣汙染環境，它把你從廣闊的天地裡趕到自家客廳的一個小角落，遠離自然，遠離其他人，也遠離書籍；它雖然還不能替你想問題，但是卻能左右你該想什麼問題；它本身不會去殺人，但是卻不厭其煩地為你示範各種殺人的方法；它不會笨到疾言厲色地命令你這樣做那樣做，卻不斷地為你創作各種新的行為準則。做為一項「文明公害」，它唯一沒

做的也只是排放廢氣而已。（鄭寶娟〈關掉電
視〉）

(2)在我們身上，每一個人都兼有受和予的天性，
　只是不同的觀點強化了不同的本能。有的人總
　在想自己所沒有的，因此總覺得不足——經年
　累月都在計較自己的不足，哪還有餘裕去施予
　別人？所以，有些人總覺得衣櫥裡少了一件衣
　服；有了車子又想外國進口的名牌；更有人常
　以為老天爺對自己不公平。有的人常看到別人
　欠缺的，因此有悲天憫人之心——經年累月在
　關懷他人的不足，哪有餘暇想到自己？所以她
　會先天下之憂而憂，會燃燒自己照亮別人。常
　覺得自己不足的人，日子越過越蒼白；而認為
　自己能給予的人，生命越活越豐富。（張老師〈施
　與受〉）

(3)如果常常踩在有落葉的泥土，會感覺生命裡面
　有一種力量透過雙腳，傳達到土地，再反射回
　來，把自己吸進去，若是走在森林裡的石階小
　徑，水泥不但沒辦法把你吸納進去，反而會折
　射回來、反彈回來，可是踩在泥土地上卻不一
　樣，有一種東西會進到泥土裡面再回過來給你，
　那種感覺是很奇妙、很舒服的，沒辦法用身體
　健康這字眼直接來解釋。也許我們現在說，那

是宗教的一種修行，踩泥土已習慣以後，你會發現，只要走到石階就會很痛苦，就會覺得渾身不太對勁。走路走到階段性的時候，整個身體就會產生一種美麗的協調性，感受到那個泥土給你的溫暖，那種柔軟度讓身體非常愉快。當你聞得到泥土的味道，泥土的熱量跟暖意也擁入胸懷的時候，你走路就已經成功了。（劉克襄〈從自然中找到簡單快樂的生活〉）

㈣篇章摘要

篇章摘要的寫作精神在去繁求簡，故保留文章中的主要文句和中心思想，刪去舉例、故事情節及對話的部分，是基本的技巧。若是原文敘述細膩翔實，宜改成概括的敘述；原文中有對話的部分，可改為敘述的形式；原文中故事情節的敘述，宜以說明的型態來表達。若原文篇幅較長，進行摘要時，可在重點的文句旁做記號，以利最後的統整。

在此提供一個實用的技巧。若摘要的對象是「非小說」的文本，可套用以下的模式：

某事（自變項）……

發生（自變項產生改變）……

之後（自變項對依變項的作用）……

然後（結論）……

譬如李密〈陳情表〉可依此模式摘要如下：

李密自小失去雙親，由祖母撫養成人，祖孫相依為命。晉武帝泰始三年徵召李密入京任職，多次催迫。李密鑑於祖母年老多病，無人奉養，遂上〈陳情表〉，陳述祖母撫育之恩德，說明自己必須終養以盡孝道，故敬謹懇辭朝廷的徵召。

若摘要的對象是「小說」文本，可套用以下的模式：

某人（角色）……
想要（情節動機）……
但是（衝突）……
結果（解決方案）

譬如《哈利波特：神祕的魔法石》一書的女主角妙麗，在此書中的表現可依此模式摘要如下：

在《哈利波特：神祕的魔法石》一書中，妙麗想要被霍格華茲學校認可為巫術和傑出才能方面的模範生，但是，那些憎恨她麻瓜出身的人一直阻礙她的努力，於是，她比每一個人加倍用功學習以求表現得更好。

習作：
以下四篇文章，其中前兩篇是非小說，後兩篇是小說，請試做摘要。

⑴態度決勝負！

1997 年 12 月，英國路透社發出一張英國查爾斯王子與一位街頭遊民合影的照片。這是一段驚異的相逢！原來，查爾斯王子在寒冷的冬天拜訪倫敦窮人時，意外遇見以前的足球球友。這位遊民克魯伯・哈魯多說：「殿下，我們曾經就讀同一所學校。」王子反問，在什麼時候？他說，在山丘小屋 (Hill House) 的高等小學，兩人還曾經互相取笑彼此的大耳朵。

王子的同學，淪落街頭，這是一段無奈的人生巧遇。曾經，克魯伯・哈魯多出身於金融世家、就讀貴族學校，後來成為作家。老天爺送他兩把金鑰匙──「家世」與「學歷」，讓他可以很快進入成功者俱樂部。但是在兩度婚姻失敗後，克魯伯開始酗酒，於是逐漸把他從名作家推向街頭遊民。所以打敗克魯伯的是英國的不景氣嗎？不是，而是他的態度。從他放棄正面的「態度」那刻起，也輸掉了一生。

場景，從倫敦街頭移到臺北。同樣的低迷景氣，但是不同的人生劇情。

10 月底，臺北陽明山上的一棟別墅正在大翻修，二、三十個工人在四個樓層中忙碌著，五十九歲的磁磚師傅吳清吉蹲在地板上，專注地丈量磁磚的水平。不景氣讓很多泥水師傅沒有工作，但是，吳清吉的工作已排隊到明年。他長年在鴻

禧山莊、陽明山、臺北市信義計畫區等地的豪宅打轉，為副總統、部長、大老闆們的房子忙碌。找吳清吉鋪過地磚的人稱他是「國寶級的地磚師傅」。他的價格高、要等待的時間也很長，但工作還是接不完。

藍領工人吳清吉，國小學歷、年近六十歲，價格比別人高、工時比別人長，追求一百分的態度，讓他工作接不完。他是受到師父的影響，「地一定要剷平才能鋪磁磚，即使底下是鐵板也要一槌一槌剷平」，這句話永遠跟隨吳清吉。

吳清吉，一個只有國小學歷、年近六十歲的藍領工人，他不像克魯伯與查爾斯王子讀同樣的貴族學校，但擁有另一把更可貴的人生金鑰匙，追求一百分的工作態度。態度，改變吳清吉的人生下半場。

吳清吉與克魯伯‧哈魯多，兩位年齡相仿但分住地球兩端的人，因為態度改變人生。（《商業周刊》周啟東）

(2)逆境──蘿蔔、蛋和咖啡的啟示

女兒向父親抱怨生命是如何痛苦、無助，她是多麼想要快樂地走下去，但是她已失去方向。

父親二話不說，拉起女兒的手，走進廚房，燒了三鍋水，水滾後在第一個鍋子放入蘿蔔，第二個鍋子放入蛋，第三個鍋子放入咖啡。父親示

意女兒不要說話，看著滾燙的水以熾熱的溫度燒
著蘿蔔、蛋和咖啡。

過後，父親要女兒摸摸經過沸水燒煮的蘿蔔，
蘿蔔已被煮得軟爛；敲碎薄硬的蛋殼，細心觀察；
然後嘗嘗咖啡。女兒喝著咖啡，聞到濃濃的香味。
她問，爸，這是什麼意思？

父親解釋，這三樣東西面對相同的逆境，也
就是滾燙的水，反應卻各不相同，原本粗硬、堅
實的蘿蔔，在滾水中變軟了；蛋原本非常脆弱，
經過滾水沸騰，卻變硬了；而粉末似的咖啡在滾
燙的熱水中竟然改變了水。

父親接著說，「當逆境來時，你做何反應？你
看似堅強的蘿蔔，痛苦與逆境來時卻變得軟弱，
失去力量。或者你原本是一顆蛋，有著柔順易變
的心，卻在經歷死亡、分離、困境後，變得僵硬
頑強。或者你就像咖啡，將那帶來痛苦的沸水變
成了美味的咖啡，愈沸騰愈美味。如果你像咖啡，
當逆境到來，就能將外在的一切轉變得更加令人
歡喜。」（俞振安《人間福報》）

(3)

打電話　　愛亞

第二節課下課了，許多人都搶著到學校門口
唯一的公用電話前排隊，打電話回家請媽媽送忘
記帶的簿本、忘記帶的毛筆、忘記帶的牛奶錢

……。

　　一年級的教室就在電話旁，小小個子的一年級新生黃子雲常望著打電話的隊伍發呆。他多麼羨慕別人打電話，可是他卻從來沒有能夠踏上那只矮木箱，那只學校給置放，方便低年級學生打電話的矮木箱……。

　　這天，黃子雲下定了決心，他要打電話給媽媽，他興奮的擠在隊伍裡。隊伍長長，後面的人焦急的捏拿著銅板，焦急的盯著說電話人的唇，生怕上課鐘會早早的響。而，上課鐘終於響起；前邊的人放棄了打電話，黃子雲便一步搶先，踏上木箱，左顧右盼發現沒人注意他，於是抖顫著手，撥了電話。

　　「媽媽，是我，我是雲雲……」

　　徘徊著等待的隊伍幾乎完全散去。黃子雲面帶笑容，甜甜的面對著紅色的電話方箱。

　　「媽媽，我上一節課數學又考了一百分，老師送我一顆星，全班只有四個人考一百分吧……」

　　「上課了，趕快回教室！」一個高年級的學生由他身旁走過，大聲催促著他。

　　黃子雲對高年級生笑了笑，繼續對著話筒：

　　「媽媽！我要去上課了，媽媽！早上我很乖，我每天自己穿制服、自己沖牛奶、自己烤麵包，還幫爸爸忙。中午我去樓下張伯伯的小店吃米粉湯，還切油豆腐，有的時候買一粒肉粽……」

　　不知怎麼的，黃子雲清了下鼻子，再說話時聲嗓變了腔：

　　「媽媽！我，我想妳，好想好想妳，我不要上學，我要跟妳在一起，媽媽！妳為什麼還不回家？妳在哪裡？媽媽……」

　　黃子雲伸手拭淚，掛了電話，話筒掛上的一剎那，有女子的語音自話筒中傳來：

　　「下面音響十點十一分十秒……」

　　黃子雲離開電話，讓清清的鼻涕水凝在小小的手背上。

(4)

　　　　槍　　　林雙不

　　車子愈往南駛，我愈覺得不對勁。司機始終不懷好意地透過後視鏡瞅著我，有幾次似乎再也忍不住了，居然微偏著頭，眼睛向後掠。

　　恐怕我是上了賊船了。實在不應該冒冒失失搭乘這輛野雞計程車。趁著星期假日到臺北處理一些事情，原本計畫搭十一點半的最後一班平快夜車回員林的，誰知東拉西扯，趕到火車站時，那班火車已經開走了。怎麼辦呢？星期一一大早就有課，不趕回去怎麼行？

　　真是的，就算一定得搭野雞車，也應該睜大眼睛啊，居然司機一說是回頭車我就上了，居然司機說載不載客都無所謂我就讓他開了。為什麼

我當時沒有考慮到旅途的安全問題呢？報紙上幾乎天天有，計程車司機在荒郊野外劫財搶色，甚至還要傷人，為什麼我這麼大意？

　　果然，車子剛過中壢吧，我就感到異樣了。就如同我前面所說的，司機一再從後視鏡瞅我，瞅得我心底發毛。當然，我身上的錢不多，又是一個大男生，實在不必害怕。可是，如果他真正心懷惡意，如果他嫌錢太少不滿意，無論如何，還是我吃虧。我悄悄打量他的體型，沒有我高，但是比我結實多了。單打獨鬥，我未必就會輸他，可是他不可能沒帶東西，而且我根本不想打。

　　就在這個時候，我看到他的右手從方向盤挪開，往下伸，不知在摸什麼東西，大概是扁鑽或刀子吧？車窗外一片漆黑，正是苗栗一帶的山間，歹徒下手最理想的所在。要動手了吧？我下意識坐直身子，冷汗開始往外冒。

　　什麼事也不曾發生，他的手又伸了上來，放在方向盤上，沒有拿什麼東西。一定是他看出我有了戒備，不敢輕率下手，在等待更恰當的時機吧？難道我就這樣束手待斃嗎？也許我可以想想辦法，化解這場危機，我不是一向自詡最善於動腦筋的嗎？怎麼突然嚇呆了呢？或許我可以試著和他聊聊天，動之以情，讓他不好意思動手。

　　於是我吞了口口水，和他搭訕：

　　「生意好嗎？老鄉。」

他似乎嚇了一跳，過了好幾秒鐘才回答我：

「不好啊，幾乎連油錢都跑不回來。」

「不會吧？你不是回頭車？剛剛還有客人包了你的車去臺北，不是嗎？」

他不再回答。我突然想到他可能不是真的回頭車，一緊張，舌頭打結，也沉默了下來。沉默最適於培養緊張的氣氛。為什麼他不跟我聊天呢？是不是怕暴露他的口音或其他特徵，增加警方緝捕他的可能？他當然明白，我被搶之後必定會去報案，好聰明好狡猾的傢伙！我恨恨地咬了咬牙，他又從後視鏡飛快地掠了我一眼。

這一眼非常狠毒，我有生以來不曾看過更狠毒的眼神，使我再度直冒冷汗，再度後悔自己的莽撞。即使趕不回員林上課，請一天假又有什麼大不了，何必一定要搭野雞車冒險？

算了，如果他真的要搶，就給他吧！好漢不吃眼前虧，財物嘛，生不帶來死不帶去，有人要就給他，犯不著因此打鬥傷身。不行！這麼一來，豈不是助長惡人的氣焰？「自反而縮，雖千萬人吾往矣」，無論如何，都應該和他拼鬥一番，給他一點教訓。

兩種想法交戰纏鬥，還沒分出勝負，員林居然到了。可愛的員林！當計程車在公路局車站前一停，我立刻打開車門衝了下去。鬆了一口氣，才想到還沒付錢給司機，便繞過車後，走到司機

窗口，伸手到旅行袋裡掏錢。突然，車子往前衝，迅速拐一個彎，消失在不遠的街角上。我最後看到的，是司機無比驚惶的神色。

怔怔地站在凌晨兩點左右冷冷清清的員林街頭，莫名其妙地把車錢再度放入旅行袋，才看見旅行袋的右方開口突出一截槍管，那是我在臺北特地為孩子買回來的玩具槍，槍管太長了，無法全部塞進旅行袋。

七、課堂實例

受限於時間，摘要寫作部分僅能進行書面摘要的寫作。本單元教案設計預定授課時間為四週，授課流程為講解、作品觀摩及現場習作。以下就四週的上課經驗及同學作品，與諸位分享。

第一週：

由於大學寫作班上的同學來自各系，彼此互不熟悉，為了使課堂的氣氛熱絡起來，有助於往後的課程進行，本週的習作採取小組作業，每組 3 人。此種半強迫的方式，逼使同儕間一定要進行溝通，一方面提出個人見解，同時也觀摩了其他組員的想法，在同心協力的情形下，可順利的交出作業。根據幾學期的觀察，分組作業有教學相長的功效，的確可幫助同學克服對新課程單元的恐懼，而較容易進入深度的課程。但當同學對新單元已有認知以後，第二週起宜採個人單獨作業，以免養成

依賴心，並可檢驗是否對課程確切掌握。

本週進行的是長句摘要及標題訂定。由於是新單元，先講授摘要的定義、作用及寫作重點，再進入分組寫作部分。

長句摘要的部分，同學們比較大的問題是句義的理解不夠完全，所以要先講解並分析原句。即使如此，同學們還是會出現一些錯誤，例如：

> 仰望彌天蓋地鋪展開來的豐功偉業。
>
> 卑微的我在彌天蓋地下，只有仰望。
>
> 一事無成在豐功偉業下只有仰望。
>
> 無趣的人對於周遭，無法體會大自然的變化與人性價值可貴。
>
> 大自然的變化與人性的價值不是那些人能體會。
>
> 那些了無生趣無法體會人性，也不能覺察大自然。

當然大部分同學的作品是好的，例如：

> 渺小的我只能仰望你的豐功偉業。
>
> 了無生趣的人無法體會大自然的變化與人性價值可貴。

接下來是標題訂定。標題不但要能概括內容，還負有吸引

讀者的任務。所以提醒同學：一定要有創意，可以運用諧音、
雙關、排比、引用等修辭技巧。同學們的作品也頗令人驚艷，
例如寓言標題部分：

被牽著鼻子走的不只有驢子。

見「意」思遷。

比驢子還「驢」的人。

驢子很忙！

「驢」試不「爽」。

〈小毛驢〉之進退兩難。

寧死虎口，不從暴政！

這款的政「虎」！

新聞標題部分：

「寺」死抗爭，違建緩拆！

明心禪寺違建，「寺」在必得！

佛曰：不可拆！不可拆！

需求 > 供給，「郵」不暇給。

資源有限，「祝福」也有限？

「祝福」超載，郵政總局倍感壓力。

猴爺「愛」上蜘蛛精！

孫悟空也拜倒蜘蛛精石榴裙下？

不見「愛」人，「空」等待！

張衛健：「我的『愛』還沒有來！」

第二週：

　　本週進行的是段落的摘要。寫作原則講解後，立即進行習作。為了了解同學的理解程度，本週起進入個人習作。為免同學不知如何下筆的窘況，也為緊盯進度，建議老師可在座位間穿梭巡查，立即給予個別指導。下課前先交卷的同學，可以給予批改前的「良心建議」，由於事關成績，同學們大多樂於聽從指導，一一加以修改。

　　第一段〈關掉電視〉中，作者陳述電視的種種危害。要提醒同學：分號表示複句內部並列分句之間的停頓（已在標點符號單元講述過），本段中出現三次分號，是理解文義的重要線索。佳作如下：

　　　　電視是一項不排放廢氣但會汙染環境的「文明公害」，它將人拘限在一個小角落，遠離廣闊的天地；它示範各種不良行為，會左右人們的想法

和行為準則。（四觀一 1　黃艾瑩）

第二段〈施與受〉採對比方式呈現施予和接受的不同心態及生命情調。文義淺顯易懂，只要提醒：刪去枝節，留心摘要的架構。佳作為：

> 每個人都兼有受和予的天性。常覺得不滿足的人，容易怨天尤人，日子越過越蒼白；有的人經常關懷他人的不足，會燃燒自己照亮別人，生命越活越豐富。（四企二 1　徐費雯）

第三段〈從自然中找到簡單快樂的生活〉是一段細膩的說明文，摘要前要先掌握主旨，再以概括性的文字呈現即可。佳作如下：

> 踩在泥土地上，會感覺生命中有股力量透過雙腳，傳達到土地，再反射回來，習慣後，全身會產生一種美麗的協調性，那代表走路已經成功了。但走在水泥石階上，卻全無這種奇妙的感覺。（四旅三 1　朱佩芬）

第三週：

本週進行篇章摘要。由於文本較長，寫作難度提高，本週僅就「非小說」文本進行講解和寫作練習。

第一篇〈態度決勝負〉採用映襯、對比的方式，以分居地

球兩端、出身背景懸殊的兩個人生平遭際為例，證明「態度」才是人生最後決勝負的關鍵。文本文義清晰、脈絡分明，不難掌握。同學們認為比較困難的部分在於如何選取重點並加以組合。少數同學直接在文本上註記重點，然後原封不動串聯起來，整個摘要讀來割裂不順。掌握能力較強的同學，不僅能清楚標出主旨，還能有效的運用同義詞及概括性的詞語，寫出佳作，例如：

　　曾與英國王子同校的克魯伯・哈魯多出身金融世家，擁有傲人的家世和學歷，卻在兩度婚姻失敗後酗酒，自暴自棄，最後淪為遊民。僅有國小學歷的台北磁磚師傅吳清吉，卻因追求一百分的工作態度而成為達官貴人競相雇用的「國寶級地磚師傅」。兩位年齡相仿但分居地球兩端的人，因態度而改變人生下半場。（四觀一1　張惠盈）

　　第二篇〈逆境——蘿蔔、蛋和咖啡的啟示〉是一篇寓意深厚的勵志短文，正如題目中明示的「啟示」，同學們不可忽略它的寓意。大部分同學對文本中父親引導女兒的深意都能理解，但如何將這三樣物品煮沸後的改變與人身處逆境的因應之道作連結，考驗著同學們的功力。其中最容易被誤解的部分是雞蛋的改變，最好事先提醒同學要注意。佳作為：

　　痛苦無助的女兒向父親抱怨失去了讓生命快樂的方向。父親在三鍋沸水中分別放入蘿蔔、蛋

和咖啡，要女兒觀察三樣物品燒煮後的改變。隨後，他向女兒解釋：沸水猶如人生的逆境。蘿蔔類型的人，在逆境打擊下，會由堅強變軟弱；雞蛋類型的人，原本有著柔順易感的心，卻在歷經困境後變得僵硬頑強；就像咖啡粉讓整鍋沸水變成美味的咖啡，咖啡類型的人，當逆境到來，能將外在的一切轉變得更加令人歡喜。（四資傳二 2 陳家緯）

第四週：

　　本單元最後一週進行小說摘要。時間有限，課堂上僅能練習短篇小說摘要。

　　講解完小說摘要的原則和可套用的模式後，一定要提醒同學：在「再創作」之餘，別忘了要保留文本的寫作風格，因為那可能是它最引人入勝之處。

　　第一篇是愛亞的〈打電話〉。敘述小一新生黃子雲思親心切，打電話到報時台，假裝與離家母親通話，表達自己的殷殷想望。這篇極短篇的特色是：立意新奇、結構嚴謹、結局令人驚奇。文本在濃縮緊湊的字數限制下，呈現深刻的主題。同學們在摘要時，宜遵循原作的敘述模式，再刪去枝節，以概括性的詞語敘述主角的行為和心理，最後畫龍點睛的點出電話聲音來源，便能有效的將整個打電話事件推入強烈的悲傷氣氛，撼動人心。佳作如下：

　　　　小一新生黃子雲常望著打電話的隊伍發呆。

這天，他決定打給媽媽。上課鐘響，眼看沒人注意，顫抖著手撥了電話號碼後，他笑容洋溢的對著電話那頭的媽媽，分享自己上課的喜悅，也告訴媽媽自己的乖巧懂事，會照顧自己、體貼爸爸。突然，不知怎麼了，他說話時的聲嗓變了腔，對著電話肆意的表達對媽媽的思念，想跟媽媽在一起……黃子雲掛上電話的一剎那，話筒中傳來女子的語音：「下面音響十點十一分十秒……」只見他小小的手背上凝著滴落的鼻涕水。(四會四2葉志偉)

第二篇是林雙不的〈槍〉，這可以說是一篇以懸疑取勝的小說。文本中絕大篇幅在描寫「我」的猜疑和緊張，結局揭曉後，證明虛驚一場，讀者一定有神經緊繃後的舒暢感。同學們摘要時要呈現這種先張後弛的感覺。佳作如下：

因為錯過最後一班火車，只好改搭野雞計程車回員林。當車子愈往南駛，我愈覺得不對勁，司機總是不懷好意的瞅著我，接著右手離開方向盤往下摸著什麼似的，而且不管我再怎麼搭訕，他都不想多談。「莫非司機意圖不軌?」「我怎麼如此大意呢?」「該給錢還是和他拚命?」小小的車內，空氣中瀰漫著不安的氣氛。好不容易到了員林，我立刻衝下車，想到還沒付錢，便走到司機窗口，手伸到旅行袋裡掏錢。只見司機一臉驚惶，駕著

車子往前衝，迅速消失在街角。莫名所以的我把錢放回袋中，才注意到我的旅行袋右方開口凸出一截槍管，那是我在臺北為孩子買的玩具槍。(四企二2　王筱芸)

也有更簡要的作品：

暗夜南下的乘客，誤坐上可疑司機的計程車。一路上，司機不懷好意的眼神逡巡著，乘客心中的恐懼與正義想法交戰。直至目的地，令人意外的結果揭曉——乘客以為誤上賊車，司機則以為載到一位攜帶長槍的凶神惡煞……(四觀一1　陳嘉欣)

肆 採訪寫作能力指引

一、採訪寫作的定義

　　所謂的「採訪寫作」，乃是為某一目的而針對受訪者所作的調查訪問，並將調查訪問內容寫成文稿之謂。採訪是以客觀了解事實、進行報導為主要目的的調查行為，必須具備深入實際、尊重客觀、實事求是、有憑有據的態度。且採訪報導既是寫給大眾閱讀的，那麼在寫作時就必須將讀者的因素考慮在內，從另一角度來講就是必須具備一定的社會意義。

　　採訪寫作和一般文章的創作有很大的區別，寫文章可以發揮創意，甚至可以天馬行空，以展示個人風格為主要訴求。但採訪寫作必須要耳聽為真、眼見為憑，不能憑空杜撰，當然必會限縮寫作者的創意，一切必須架構在事實之上。根據事實，公正、客觀的略作評價是可以被允許的範圍。

　　通常在大學寫作課中，採訪稿的寫作訓練，主要以個人採訪作為入門，而進階訓練則為深度報導寫作。由於採訪寫作太半屬於「人物採訪」，因此本課程教案的規劃，也是以人物採訪為主。

二、採訪的分類

　　一般而言，採訪依其方式及訴求的不同，可分為以下四類：

㈠正式採訪

採訪者與受訪者事先約定時間、地點（有時連訪談主題也事先約定好），進行直接的面對面訪談，此種採訪方式，實為一般記者採訪的常用方式，所以也稱作「正式採訪」。

㈡了解採訪

採訪者針對事件或主題的來龍去脈，進行前因後果的追蹤採訪，而此種採訪方式，大抵是事情已經曝光，例如：政治人物涉及貪汙案，或是影藝人員涉及吸毒等等，由於社會大眾並不清楚事件始末，而新聞媒體有責任讓民眾了解事情真象，是以透過各種管道，以進行事件分析與介紹，如此的採訪方式，是為「了解採訪」。

㈢調查採訪

採訪者對於手上既有資訊，進一步作調查求證，藉以還原真相的採訪。此一採訪方式，通常都有特定人士提供訊息，而新聞、報章媒體的記者，則負責調查既有資訊的真假，而其中的訪談過程，都稱為「調查採訪」。

㈣書面採訪

採訪者無法直接接觸受訪者，轉而利用問卷、自白等方式所作的非正式採訪。此類的採訪方式，通常是因為受訪者因案服獄，或遠居國外，而無法親自訪談當事人，藉以了解相關事件，故只能透過管道申請（或邀請），以便對於曝光事件，能有

更清楚的認識。

三、採訪技巧

採訪非常講求人與人之間的溝通，而並非僅是單純的會面而已，是以採訪需要一些特別的技巧，才能使採訪過程更加順利，訪談內容才能更加深入。在下文之中，嘗試論述採訪的技巧，期使初學採訪的同學，能夠注意到一些技巧，以便能順利完成採訪的作業。說明如下：

㈠事前準備

要能有專業的採訪成果，則事前的準備工作，絕不可少，究竟在採訪之前，應注意到何種事項呢？今舉常見的準備工作，並說明其要點如下：

第一，應先確立採訪目的，方能針對此一目的，設計後續談論的主題，若是毫無意義的採訪，將會浪費彼此的時間，而毫無收穫。

第二，了解當事人的傳記資料、相關主張，乃至於各種成就等等，以便在訪談之中，夾雜此類的介紹或說明，使受訪者有備受重視之感，若是誤記受訪者的資料，或是記錯其主張，則會增加彼此的尷尬感，甚至會影響到採訪的進行。其次，最好事前針對受訪者的專長項目加以了解，以免訪談之時，由於所論及的內容過於專業，而無法聽懂對方的回答。

第三，採訪者在採訪過程之前，必先事前擬訂訪談的問題，以免在採訪過程之中，因為準備問題不夠豐富，或是突然問答失焦，而偏離原本設計的主題，若是採訪過程之時，只是天馬

行空式的對答，則容易浪費彼此時間。

第四，採訪者應事先與受訪者約定時間，以免臨時找不到受訪者，而使得難以從事採訪動作，又某些受訪者時間較緊，約定在數月之後接受訪談，則在訪談時間屆臨前三天，最好先再提醒對方，注意到彼此約定的訪談時間，如此一來，將能使採訪過程更順暢。

綜合上述所論，在採訪之前的準備工作，實不宜等閒視之，否則縱使安排訪談過程，卻因為準備未能周全，而無法擁有好的表現。

(二)正確態度

採訪者的訪談態度，也會影響到訪談過程的進行，某些立場堅定的受訪者，甚至會直接和採訪者起衝突，而使得採訪失序，甚至難以為繼。究竟採訪者應該採用何種態度，來面對受訪者呢？在下文之中，筆者舉出採訪者應有的態度，說明如下：

第一，應尊重受訪者，不管受訪者的社會地位、職業、教育程度……為何，都應該加以尊重，例如：當我們因為某些社會需求，需要了解檳榔西施、舞女、街友等生活情況，則受訪者的職業及社會地位不高，可能會有些許自卑感，是以採訪者在採訪過程之中，應尊重對方，才能使採訪過程順利。其次，若是採訪具有身心障礙的患者，則不宜刻意論及對方身心的缺陷，惟有適度的尊重，才能使訪談順利。又若是受訪者拒答某些議題，則應予以尊重，切忌窮追猛打，也勿探人隱私。

第二，客觀看待事物，每個人都容易受到宗教、種族、黨派的影響，但是採訪者在採訪不同立場的人，必須維持客觀公

正的態度，以免和受訪者之間，產生重大的衝突。

第三，不任意批判受訪者的論點，也不嘲諷受訪者的發言，應使每個受訪者擁有表達意見的自由，而採訪者所持的見解，若是和受訪者之間牴觸，也不宜直接批判其論點，才能維護受訪者的權益。

第四，不要利用引導式發問，在採訪過程之中，切忌給對方選項，要求對方立即回答，而應該給對方主導回答內容的權利。

綜合上述所論，在採訪過程之中，採訪者應秉持公平、公正的立場，在充分尊重受訪者之下，才能使整個採訪過程圓滿順利。

㈢合理推測

在採訪過程之中，能夠合理推測受訪者的回答，例如：當受訪者的回答，是避重就輕之時，表明其逃避某類議題的回答，至於為何逃避此類議題，則可適度加以推測其傾向或原因。其次，受訪者可能會暗示某些事情，而從其弦外之音，即能分辨其立場。當然，若是受訪者刻意重複的語句，也代表某些意義，例如：受訪者特別重視這些事情；或是為了掩飾自己的情緒等等。總之，從受訪者的回答之中，可以推測某些意義或狀態，只是仍需加以查證，以免曲解受訪者的原意。

㈣小心查證

所有透過訪談的內容，無論受訪者的答案為何，採訪者為求客觀報導，應負起查證的工作，如果事涉第三者，也應該再

採訪第三者，要求能夠平衡報導，以免過度偏重受訪者的見解，而忽略第三者應有的權益。

㈤妥善整理

在採訪過程之中，可能會採訪許多的議題，是以在採訪結束之後，應該整理諸多資料，並且去蕪存菁，能夠精簡恰當的呈現採訪內容，惟在取捨過程之中，不應扭曲原意，以免造成錯誤報導。

㈥系統組織

採訪過程之中，由於採訪內容紛雜，若完全按照採訪的提問順序，很可能會有組織紊亂之失。因此，在整理訪談重點之後，宜系統組織內容，重新按照相關順序，條理分明的完成採訪稿的寫作。

四、問答種類及應用

㈠封閉式及開啟式的問答法

所謂「封閉式問答法」，乃是指受訪者在回答問題之時，答案的深淺及長短，往往會受到時間限制，而無法暢所欲言，只能在有限的時間之內，表明自己的看法或立場，諸如此類的方式，謂之「封閉式問答法」，例如：一般的政論節目，在開放CALL-IN之時，主持人為了控制時間，而採用的必備措施，即屬於此類的問答方式。反之，「開啟式問答法」，則是讓受訪者有自由發揮的空間，完全沒有時間的限制，而能暢所欲言，表

達出更深入的意見，此種問答方式，可使受訪者輕鬆的面對採
訪，而能打開心防，表達更多的意念，是以此類的訪談方式，
往往會有意想不到的效果，通常在校園之中的採訪習作，都會
採用此種問答方式。

㈡直接問答法

所謂「直接問答法」，乃是針對事件或受訪者本身，直接提
出六個何式（六 W 寫作法）（何人、何事、何時、何地、何故、
及如何）的問題，讓受訪者針對議題，逐一提出相關說明。此
法的運用，常是獲得基本資料最有效的方法，只是在此類問答
法的應用之時，要特別注意到採訪的語氣，以免會讓受訪者有
不被尊重的感覺，畢竟此類的問話方式，有點像是法官問案的
形態，若採訪者稍有不小心，則易使訪談中斷，是以應該謹慎
行事。

㈢試探性問答法

所謂「試探性問答法」，乃是為了避免受訪者產生尷尬（例
如：愛情、薪資……），而不欲回答問題之時，所使用的問答方
式。此法的應用，常會有意想不到的效果，如果在採訪過程之
中，嘗試提出試探性的問答方式，而受訪者當時願意暢所欲言，
則會得到較多採訪內容。反之，如果受訪者不願意回答相關議
題，則要給予充分的尊重，不宜窮追猛打，而使整個訪談過程，
產生不愉快的感覺。

㈣反應式及闡釋式問答法

所謂「反應式問答法」，乃是從受訪者的答案之中，再以問題形式，再次提出發問，由於是延伸性的問答方式，是以所得的結果，常會有驚人效果。通常此類的問答方式，是針對受訪者的答案，直接要對方表明立場，而在當時情境之下，很多的受訪者，會有宣示性的答案，例如：美國職棒名將克萊門斯被指控使用禁藥，為了證明自己的清白，克萊門斯接受 CBS 熱門談話性節目「60 分鐘」的專訪，在訪談過程之中，克萊門斯一再表明自己的清白，而主持人華勒斯順勢逼問其是否願意接受測謊？克萊門斯回答「可以啊！只是我不知道測謊結果對我有利還是無益」，而華勒斯的問話，實是屬於「反應式問答法」的方式，也間接逼使克來門斯表態，諸如此類的問話方式，常屬於較為尖銳的問答方式，是以在使用此類問答方式之時，仍需要注意到問話語氣。

又所謂「闡釋式問答法」，乃是指採訪過程之中，採訪者主動摘取重點，並轉成問題，或是替受訪者做出總結，而此種問答方式，主要是避免採訪者誤解受訪者的回答內容，而直接闡釋自己的理解，使受訪者再次確認答案，如此一來，將會避免誤解原意的疏失。一般而言，採訪稿完成之後，通常會再請受訪者過目一下，以確認內容是否屬實，但是學生習作之時，大都未能執行此一動作，是以採訪稿與原來受訪內容，偶有內容不合之失。因此，若能在訪問結束之前，將受訪者的重要內容，以「闡釋式問答法」的方式，再度回問受訪者，要求再次確認受訪內容，則會避免類似的錯誤。

五、採訪稿的撰寫方式

(一)對答式撰稿

此種的撰稿方式，即原音重現，將採訪者及受訪者的訪談內容，用一問一答的表達方式，來重現訪問實況。此種撰稿方式，通常都是重要名人（如政治人物或企業界菁英）的訪談紀錄，為了避免採訪者誤解原來語意，乃完整呈現出訪談結果，因而出現的寫作方式。然而，此種撰稿方式，較為單調貧乏，且易於呈現出口語化的表達方式，是以不建議一般的採訪者採用此種撰稿方式，用以表達採訪的內容。

(二)文章式撰稿

此種撰稿方式，乃是依據受訪者的答話，除去逐一作答痕跡，而利用整篇的文章，寫出全部的採訪內容。通常此類的文稿，都是以事件串連，並以時間為主軸，寫出來的文稿，不僅能反映採訪者的文筆，也能具有條理性，是為採訪寫作的常用方式。又此類的方式，也能避免口語化的表達，使文章更趨細膩，且能加入採訪者從旁觀察受訪者的姿勢、神情、語調，以提供讀者更多的判斷，也能更鮮活的反映受訪者的狀態，是為較佳的表達方式。

(三)故事式撰稿

此種撰稿方式，乃是以故事的形態，來描寫當事人的經歷、訪談內容，使整篇採訪稿的寫作，呈現出豐富的情節。然而，

此種撰稿方式，較適合長篇傳記的寫作，而不適合短篇採訪稿的撰稿。

㈣綜合歸納式撰稿

此種撰稿方式，乃是利用同一問題，歸納多數受訪者的答案，分門別類，綜理出有系統的表達方式。通常此類的撰稿內容，由於受訪者較多，可以提供較客觀的論點，而不會僅限於一種見解，至於此種撰稿方式，則適用於特定主題的分析與討論，例如：對於某人（如政治人物）、某事（如經濟景氣、環保）等等，如果受訪者達到一定數量，則分析的結果，甚至可供學術參考之用，惟此類的表達方式，需要耗費較多採訪時間，且要接觸不同的受訪人物，是以並不適合習作之用。

六、寫作注意事項

㈠篇幅取捨合宜

採訪過程之中，有時會有內容過多，已經超過文章版面的需求，則需裁剪內容，使其合乎篇幅的限制，是以應該懂得適度的取捨，以免內容過於冗雜，而造成內容的錯亂。

㈡用語精確雅致

文稿的寫作，可用簡短文句來表達，並且講求字句流暢，儘量不用冗長複雜之句。而在使用人稱代詞方面，應以第三人稱方式出現，而不要使用第一、第二人稱，以示客觀。

在修辭部分，可適當應用成語，如此一來，將使得採訪稿

的寫作，得以添些文采。又採訪稿的寫作，常有口語化的傾向，
是以在寫作之時，宜適度修飾句式，使文句更加雅致。又在使
用詞彙方面，宜儘量少用罕見僻詞，也應避免使用網路用語、
符號，是以諸如「火星文」之類的內容，也不宜出現在採訪稿，
以免降低全篇的文學性。

㈢具體引用例證

　　文稿的寫作，宜多採用具體的例證，而揚棄抽象的形容，
例如：形容一個人具有領導統御的能力，不應直接闡述結論，
而應酌添例證，用實例證明其特質，才能使這些抽象的形容詞，
更添效力。又必要之時，可以直接引用重要的原文，或是當事
人的言論，藉以強化讀者的印象，一般學生在寫作文稿之時，
往往重視最後結論，而以較抽象的形容，來表達對於受訪者的
印象。然而，若是能夠擁有合適例證，將使讀者更清楚了解受
訪者形象。

㈣結構謹嚴細密

　　採訪稿的組織架構，應力求謹嚴細密，因為在採訪過程之
中，往往會隨話題的轉換，而導致內容變換極大，若不事刪截，
重新調整段落架構，全篇採訪稿會顯得鬆散，不合要求。因此，
在文稿的組織結構方面，宜將採訪的內容，逐一整理刪併，使
得各段落的重心明確，彼此相互呼應，而有較好的文學表現。
又採訪稿的製作，應設立一個主標題，藉以涵攝全篇採訪稿的
重點，若是段落稍多，則最好能依內容性質，擬訂副標題，以
收提綱挈領之效。否則，長篇大論的訪稿，易使讀者望而生厭，

而失去閱讀的興趣。

㈤評論公允適當

在採訪稿的寫作之中，若有涉及各種評論，則在評論之時，應力求公正，不應受到自己的政黨、種族、信仰，乃至於個人喜好的影響，而有偏離實情的表現。其次，採訪的內容，也不宜過於誇大不實，以合乎寫作規範。

㈥重視事實根據

每個採訪的過程，都要仔細核對資料，撰寫文稿之時，應以事實為根據，尤其所引證的數據，應確信無誤，以免一字之差，而失之千里。其次，若是無法確實核對受訪者的資料，則應據實錄出，由於許多的採訪，得以用錄音方式存證，而在現場的記錄內容，或許有所遺漏，是以應該再三聽取錄音內容，並根據內容撰寫文稿，至於在採訪過程之中的記錄，可著重於受訪者的表情、動作、語調，再參酌錄音內容的紀錄，則能寫出極為優秀的作品。

㈦維護個人隱私

在採訪過程之中，若有涉及個人隱私問題，則採訪者在撰稿之時，應要維護受訪者的隱私，以免侵犯他人權益，甚至造成彼此的隔閡。

㈧確認訪談內容

在文稿完成之後，最好交由受訪者確認一下，以免報導的

內容，有偏離事實的情況。其次，受訪者在閱讀文稿之後，或許也能補充一些資料，可使整個受訪內容更加充實。

七、教案教學方法

(一)變換採訪對象

採訪對象的選擇，往往會影響到學生的參與程度，而教師讓學生選擇採訪對象之時，可以有各種的設計，例如：以班上同學為採訪對象，可以安排在開學之初進行，此時大一新生彼此並不熟識，而透過採訪過程，可使他們盡快認識同學，且和同學建立基本情誼。在採訪主題方面，可以採取單一主題，例如：成長背景、求學歷程、交友狀態的分享。其次，也能應用綜合主題，以年代先後為次，依次論述各項要點。除了以班上同學為採訪對象之外，也能選擇學校老師、業界菁英、社會人士，乃至於家中長輩等等，隨著採訪對象設計的不同，每個年度的人物採訪課程，都會有新的面貌。

(二)分析採訪範本

在決定採訪對象之後，教師應就相關主題，選擇合適範本，以供同學分析、討論之用，藉以學取前人的特長，以為日後摹仿新作之用。

(三)講授實務並重

採訪課程的設計，除了教授相關知識及原理之外，也應重視學生的實務操作要領，例如：可以要求學生學會錄影、錄音，

乃至於加入插畫、照片等文稿的組排等等，使學生不僅能學會採訪要領，也能學會刊物後製的能力，若是時間允許的話，也可以結合電腦的實際操作，讓學生帶相關採訪資料、圖片，在課堂上直接組排圖文，並設計標題、細目，使學生在實作之中，學習全方位的編排技巧。

㈣彼此觀摩作品

在採訪稿完成之後，可以運用分組討論方式，讓同學們了解各自的採訪內容，並從中分享採訪心得。其次，可讓同學們歸納出每篇採訪稿的優劣，並且派代表上臺報告，再經由老師的提醒，使學生們對於人物採訪的製作，能有更深刻的印象。

八、範　例

以下為人物採訪範例，使用文章式撰稿模式呈現：

高光惠老師採訪稿

關於人要怎麼生活，活著的意義又是什麼，這樣的哲學性思考問題也許你我都曾向自己發問，卻未必能在自己人生的道路上找到一個滿意的答案進而實踐它。本次受訪的高老師對於自身生命的觀感和生活的態度有許多發人省思的觀點，在躬行實踐後有所感發，想與醒吾的同學們分享。

高老師談及過去他成長的年代是一個穩定發展的時代，那時的人習慣先為成功設定目標，再努力去得到這個目標，只是在得到目標後，許多

人反倒感到茫然，不知如何排解成功之後的生活。時代演變至今，我們現在面對已是充滿變動、未知的時代，環境與價值觀不斷在變換更新，吃苦耐勞不見得會是成功的必然因素。由於兩代價值觀的諸多差異，很多長者看到我們這一輩的學生會明顯感覺我們比較不認真和用功，但高老師發現，現在的我們卻比過去人更能夠順應這個動盪時代的波動，我們也比過去人更重視自己的感覺。

　　儘管剛開始同學們進入醒吾時的表現是有些浮動的，但到之後面臨人生關卡（畢業）時，高老師觀察到隨著年紀日漸增長的我們，成熟度也相對提高，在開始靜下心來思索自己的未來和關於生命的課題同時，也希望自己能活得自在、坦然，不再為某些社會的價值觀而活。而我們在這之間如何取得平衡，特別是在這變動的時代中，我們該用什麼樣的態度面對？又該追求些什麼呢？高老師建議：在三十歲前用錢買一段時間去換取一段人生的空白，不帶任何目的去看世界。

　　這種生活方式在國外很盛行，特別是在歐洲，許多年輕人在 15 歲時，父母親會送給他們一張可以去 13 個國家的環球機票，讓他們的子女有機會離開自己熟悉的國家去看看不同的世界，學習自己獨立面對問題，接受異文化的刺激，待他們回國後，他們的價值觀會改變，在面對不確定的未來時，會變得比從前更有把握，因為在獨自旅行

中，他們已學會該如何面對在旅途中不確定的事發生。人生，本來就無法預知，藉由旅行，可以幫助他們了解這不曾改變的事實，這個過程也能幫助他們洗滌人生，影響他們的未來。

而很多事情，要先勇於嘗試才會帶來新的感受與改變。當你看見一個日本女子半夜一個人背著大包包走在街頭時，你想回國後的她在面對同樣的生活會產生什麼新的看法？當你發現荷蘭的大學畢業生大多都能夠講到 11～13 種語言時，你才會知道他們國際化、多元化遠比我們深得多，能讓這個國家成為世上第一個建立吸毒區、風化區，通過合法安樂死，允許同性戀結婚的國家，因他們作事習慣面對問題的實際面。這些文化差異都能夠讓我們反觀自己的國家，反省自己面對事情的態度，並讓我們知道，原來，世界是長得這個樣子！

高老師自己在過去也曾工作一段時間，存一筆錢後便辭掉工作出國，然後在國外什麼事也不作，讓自己好好享受人生。過去這段買光陰過人生的時光留給高老師許多美好回憶，他認為人生下來時雖無法控制，但過程與走的時候應該是可以控制的，不要預設會發生什麼險阻來煩擾自己，坦然地面對人生，並讓日子過得自在且舒服。①

---

① 參閱 halley 部落格 http://mypaper.pchome.com.tw/news/pillowcase/3/
1239424923/20040624104616/

九、寫作練習

請針對班上同學、學校老師、家中長輩、業界人士或社區聞人……具有訪談價值的對象擇一進行採訪，並完成書面文稿。

十、觀點補充——公民新聞網

採訪寫作是學生學習寫作的重要練習，但如果能鼓勵同學利用課餘參與公民新聞寫作，那寫作課程將更有意義。臺灣的公民新聞網是由公廣集團所設立，它標誌著媒體另類的傳播，強調人人都可以是記者，可以用文字、聲音和影像，來表達對社會某些現象的觀點。由於每個人都是記者，因此公民新聞就呈現多元觀點與素材，也不時可以看到創意十足的新聞報導。公民新聞網簡稱 PeoPo，是 people post 的縮寫，暗示每位公民都可以將自己的新聞稿傳送上網站，也就是讓每位公民自己擁有自主權，把自己的想法與觀點，透過文字或影像上傳網站，期望能引起大眾共鳴，進而導引議題成為公民發聲管道，以補代議政治的缺憾。

如果寫作課的師生能善用此一公民網站，不但可以訓練學生的寫作能力，也可讓學生關心社會現象，提出自己的看法，讓自己成為具有獨立思考與執行能力的大學生，「大學」的存在才有意義。以下為公民網站的網頁及網址，提供大家參考：
http://www.peopo.org/

伍 札記寫作能力指引

一、札記的定義與內涵

　　札記指的是作者對文字、圖象、視訊與音訊（廣播、演講）心有所感，透過個人抽象思維組織而成的文章。札記往往是成就學問的一條重要途徑，許多歷代大學問家在研讀書籍過程中，通常會隨手寫下札記，這些讀書札記常成為後代學者進入學術象牙塔的方便門。因此每當我們接受不同來源的資訊，均可隨時記下重點與個人反思，日積月累將成為日後學問精進的重要憑藉。

二、課堂實例

　　〈立體悲劇〉①是由臺科大工商業設計系副教授孫春望指導及編劇，並由碩一生全明遠導演，作品入選全球電腦動畫界最頂尖的 "ACM SIGGRAPH" ②動畫展。這部短片在「電子劇

---

① 根據教育部 97 年 12 月公布的《重訂標點符號手冊》修訂版的規定，影劇名應以書名號標示，如：《臥虎藏龍》；至於標示動畫短片的符號則並無明文規定，因此筆者採用篇名號來標示，寫成〈立體悲劇〉。參見 http://www.edu.tw/files/site_content/M0001/hau/shiou.pdf。

② 美國電腦協會 (Association for Computing Machinery) 簡稱 ACM，成立於 1947 年，是全球歷史最久、組織最龐大的電腦教育及科學組織；SIGGRAPH 是 ACM 最重要的分支，也是全球最重要的電腦動畫組織，每年舉辦的動畫展入選作品，常是奧斯卡最佳動畫短片得主。

院」播映時，經由數萬名觀眾票選為第一名，揚威國際，這是臺灣作品首次入選並獲得殊榮。

這部動畫全長三分三十秒，內容描述一位長相立體的美女，使用具有整型功能的美容工具，想讓自己變得更美麗，結果弄巧成拙，反而毀容，卻成為畢卡索筆下立體主義名作〈哭泣的女人〉。

95 學年度第二學期，筆者擔任「大學寫作（一）」的課程教師，大致在期中考過後，上課一開始就放映〈立體悲劇〉的動畫給同學觀賞，並未說明用意。放映完畢再宣佈作業內容：請以動畫內容為寫作題材，可以將影像以文字呈現，也可以自行改寫，發揮自己的想像力，並賦予主題、寓意，題目自訂。之後應同學要求再觀賞一次，隨即當場草擬寫作，當天繳交作業。隔週發回初稿，課堂上針對共通缺點加以檢討，筆者大致歸納出以下幾點：

1. 規定題目由同學自訂，但大部分作業呈現無題狀態，予人主題不明的缺憾。
2. 標點符號錯誤極多，尤其是刪節號使用頻繁，使得文氣不連貫；又一味使用逗號，以致文氣雜沓，欠缺條理和層次。
3. 寫作重心主線不明，往往集中在細節的描繪，顯得浮泛瑣碎；或是將重心放在畢卡索名畫的創作動機上，導致輕重失衡。

逐項檢討解說之後，隨後給予同學如下的建議：

1. 細節描繪應善用分號或句號，才能顯示層次。例如第一動作與第二動作之間，不宜使用頓號或逗號。

2. 寫作策略應以動畫內容為主，與畢卡索名畫關聯性為輔，無須牽涉太多創作背後的情感糾葛。

3. 描寫整型細節之外，更應捕捉主角的心理活動。最後一段應點出主題寓意，並據此訂出題目。

課後規定下一週繳回手寫原稿和電腦修正稿。因為透過兩次作業互相對照，可以檢驗出同學是否確實改正缺失，並考核同學進步的概況。發第二次作業前，先選出兩篇優秀作品，經過原作者同意之後，印成講義於課堂賞析評比，藉此提供其他同學觀摩的機會，並建議同學除了改動原稿疏失之外，嘗試在原有基礎上再潤飾改寫。第三次收回同學最後定稿，包括紙本和光碟，驗收學習成果。從初稿到修正稿、定稿，一份作業，同學前後修改三次。

這個單元透過反覆練習和不斷修正，主要目的是在訓練同學的敘事能力，因為若能將具體的人、事、物如實地描繪出來，才能進一步掌握抽象的思維，進行陳述、分析或論證，所以敘事能力是語文表達能力的基本工夫。另外，標點符號也有助於思考層次的呈顯，使文章脈絡更加清晰，所以必須督促同學加強練習，不可輕忽疏漏。

下一個章節將集合本班同學的作業成果，分別從「寫作能力」和「寫作障礙」兩方面展開討論，進而探究四技一年級新生的語文能力水平。

三、寫作能力

此次作業主要是考驗同學在描寫敘事的表達能力，從同學的作品中可以歸納出同學在寫作上的共通特色，以下從「情節描寫」和「主題寓意」分別考察之。

(一)情節描寫

短短三分半鐘的動畫,其實包含許多細部動作和心理活動,所以要呈現這個故事,在情節描寫上必須鎖定焦點,有所取捨。王鼎鈞先生在《作文七巧》一書中提到:「取材有主從,所以文筆有繁簡,不宜平均。」③描寫若無主從輕重之分,只是平鋪直敘,便會流於平面刻板,如同一本流水帳簿。

整部動畫大致可分成四部分: 整容之前、整容過程、變臉結果、後續情節。本文將按照情節發生的先後,來探討同學描寫情節的敘事能力。

1. 整容之前

> 例一: 有一天有一位女生她開心的想要跟男朋友
> 去約會, 當她在房間梳妝打扮的時候, 她
> 照一照鏡子發現自己的臉還是不夠完美,
> 臉上總是凹凸不平, 而且也不光滑, 她突
> 然靈光一動, 想起之前在電視的購物臺不
> 顧一切搶下了一組「神奇整型臉部 DIY」,

③　王鼎鈞,《作文七巧》,臺北: 吳氏圖書公司,1982 年初版,頁 25。

她興奮的拿起一個箱子，並且把它打開，看到裡面有本說明書。

例二： 晚上，莉莉約好要與她的男朋友小鄭共進晚餐，打電話約好了時間、地點餐廳之後，莉莉打算裝扮一下，因為今天是他們交往一週年的日子。

莉莉走向梳妝臺，觀察了一下她的臉蛋，發現有幾個小瑕疵的地方，當她正煩惱不知道該如何是好時，突然想到，前幾天因為剛發薪水，而為了犒賞自己，就跑去百貨公司買了一組「完『整』女人」的最新產品。

例三： 小美跟男友甜蜜的講完電話，快樂的走到化妝桌前坐了下來，左照右照的看自己的臉，覺得自己長得還不錯嘛！可是每個女生對自己的長相、身材永遠不滿意，所以小美覺得自己的長相是可以，但如果顴骨不要這麼凸就會更完美了！

例四： 安琪菈剛和最近新交的男朋友聊完天，之後便坐到了鏡子前面，開始審視自己的臉是否完美，因為等一下她的男朋友要帶她去參加一場很重要的晚宴。她先看了看右

　　　　邊的臉——非常完美；接著又看了一下左
　　　　邊——糟糕！有點小瑕疵。不過沒關係，
　　　　因為前陣子剛好買了一個最近新推出的產
　　　　品——完美女人改造計畫。

從以上幾個例子可以發現：大部分同學都將情節設定在女子與
男友通完電話之後，因為約會在即，基於「女為悅己者容」的
心理，檢視自己的容貌，發現些微的瑕疵，於是開始求助於整
型器材。所以那通電話便是整型的外緣動力，而女子的愛美心
切，則是整型的內在需求。愛美的天性再加上愛情魔力，正是
這個故事的起點，大部分同學都掌握了這兩條線索，例如：

　　　　一個熱戀中的女人，眼裡容不下任何的缺點。對
　　　　於不完美的事物，一定要將它修改到十全十美，
　　　　否則絕不罷休。但是往往卻忘記了——在這世上
　　　　是沒有十全十美的事情。

更多同學對於女性愛美的心理多所著墨，例如：「每個女生對自
己的長相、身材永遠不滿意」（例三）、「她先看了看右邊的臉——
非常完美；接著又看了一下左邊——糟糕！有點小瑕疵。」（例
四）尤其是使用「糟糕！」一詞，更顯得生動無比。有的同學則
略去愛情的外緣動力，直接點出女性對外表的求好心切，其實
是吹毛求疵。例如：

　　　　有位女性，某天在睡覺前，照鏡子發現臉上有條

不美觀的細紋，愛美是女人的天性，不容許臉上
有任何小瑕疵，於是她馬上翻箱倒櫃，找到一盒
號稱可以消除細紋的神奇東西，……

因此神奇的美容產品登場了，它叫做「完美女人改造計畫」（例
四）、「神奇整型臉部 DIY」（例一）、或是「完『整』女人」（例
二），接下來便是一連串的整型過程開始了。

2. 整容過程

整型過程是邁入故事核心的重要階梯，少數同學很簡略地
一筆帶過，例如：

內容敘述一位女性歡天喜地買了這個化妝用品，
翻開工具書，想讓自己變得更美麗，可是動手變
臉的下場卻是弄巧成拙，最後毀容、傷心哭泣——
她意外地成為畢卡索著名畫作《哭泣的女人》。

大部分同學則仔細地描寫整型過程：

例一：她拿起工具在臉上點了一下，出現了很多
三角形的小點，她在凸出的地方點了一點，
所有的小點集合成一個了。她又點了一下，
卻出現一大塊凹下去的地方。她很不高興！
她在鼻子旁邊點上了一點，恐怖的事情發
生了！她右邊的臉全部向那邊傾斜了，她

嚇到連工具都掉了。工具在掉下去前還點
了桌子一下，桌子一角彎了進去。她急忙
按下還原鍵，不過還原的也只是桌子的部
分，她急了！不斷的按下還原鍵，不過結
果都一樣。她不敢置信的看著鏡子裡的自
己，她急忙的在盒子裡找其他的工具，她
找到一個可以拉長的工具，把凹下去的地
方拉長了。

例二：拿出盒子裡的說明書，女孩很仔細的看了
一看內容，將東西一個一個拿出來研究。
她找到了可以讓臉蛋的線條變柔和的工
具，於是便開始對自己的臉型做調整。第
一下，很成功的將臉型變柔和了；第二下，
好像有點不平均；第三下，糟糕了！臉型
變了。女孩在驚嚇之餘，不小心將工具掉
落下來，女孩著急的找著可以讓臉型復原
的工具，卻沒有用了。女孩慌了，在盒子
中胡亂地翻，一不小心又不知道觸碰到什
麼，女孩的身體像觸電一樣的微抖，一點
一點的變形。

例三：在這個箱子裡有很多整形臉部的器具，她
首先拿了一個類似復原功能的工具，她試
了試，沒錯，這個工具的確能復原。後來

又拿了一個類似能使皮膚平滑的工具，她試了一下，真的不錯用。又想把臉修得更完美，於是把皮膚給拉了一下，但是這下不得了，她的臉變得很奇怪，有一部分凹陷了。她按一按復原的工具，但是能復原的只是書的角角，不是她的臉，她開始感到緊張；又拿了一個整形工具，拉了臉部一下，不拉還好，一拉反而把臉部變得更奇怪了，歪七扭八的；她這時感到非常害怕，就把能用的整形工具全部都用上了，這下真的慘了，這些奇奇怪怪的工具全部都用在她臉上後，她整個臉都變形了，變得根本不像一個臉。

上述三個例子都可以看出同學用心去描繪整型過程，不僅不放過細節，而且加入自己的想像去詮釋，並且掌握了女性的心理實況，例如：「高興得跳了起來」、「驚嚇」、「著急」、「緊張」、「害怕」，使描寫的內容更加生動。

此外，資訊傳播系的同學基於本身專業背景，除了描述細節，也探討整型失敗的原因：

例一：　女子不慎把立體棒子丟到桌上（復原按鈕只對立體棒子使用的最後一個有記憶），……女子沒看清楚說明書上的警告語，「棒子跟鉗子嚴禁一起使用」。

例二： 卻不知工具已經和桌面接觸，再怎麼還原
都只變化在桌角，這時瑪麗亞看到只有桌
角在變化。

例三： 不知道是不是感染還是碰到瓶子的內容
物，她的手居然也被沾到，變得很格子狀，
……

例四： 女人急著使用恢復鍵，想將臉恢復，卻沒
注意到她剛剛因驚慌而鬆手掉下的工具，
已經和桌子起了作用。女人按了恢復鍵數
次，才注意到改變的不是她已凹陷的臉，
而是桌子。

以上四個例子都指出失敗的原因，除了美容工具使用不當之外，
更重要的是工具的記憶停留在最後的桌子，才會導致復原的是
桌子而不是臉型，於是釀下不可收拾的悲劇。

3. 變臉結果

整型失敗使女子的臉型產生了可怕的變化，而她的心情也
受到極大的震撼：

例一： A 女又燃起一絲希望，開始修正自己的臉，
或許是因為 A 女太過於急忙，又把臉給修
得太凹了！ 又再一次歇斯底里的她，乾脆

把所有的方塊都拿起來對準自己的臉，一瞬間 A 女的全身發光，下一秒就整個都爆炸了！

例二：　這時她的臉……根本已經不成人形了，從梳妝鏡看到自己這副樣子，她不禁流出眼淚，流出來的淚也是變形的。

例三：　她按下還原鍵後，系統開始出現問題，把她的手變到了後面，臉上的肌膚也有了很奇怪的變化，她流下了四滴眼淚。

例四：　於是莉莉開始心慌的哭了出來，她又仔細找找看盒子裡，有沒有其它的工具可以補救莉莉這張已經變得殘缺不堪的臉，不料！不知道是莉莉按到什麼還是如何，工具居然開始反彈了?! 先是頭跑到手臂，再來是整隻手，很快地，「反彈」蔓延至全身……「碰!」的一聲，莉莉從鏡子裡看到的是，自己居然變的像一幅名畫──「哭泣的女人」……

整型後的悲劇正是整部動畫的張力所在，除了流淚之外，同學都會在此處加入一些情緒的描寫，如：「歇斯底里」（例一）、「心慌的哭了出來」（例四）。此外，除了原有的情節之外，四位同

學都加入戲劇化的元素，如「爆炸」（例一）、「眼淚變形」（例二）、「手變到後面」（例三），而例四則是將「臉」和「畫」合而為一。

　　除了戲劇化地將「臉」到「畫」合為一體，有些同學更緊抓住這個轉折關鍵，馳騁想像力，極盡描繪之能事：

例一：　最後，只見她的五官變的極為扭曲。安琪菈看著鏡中自己的臉，靜靜的流下了兩行眼淚。後來，當她的男朋友來接她時，被她奇怪的樣子嚇到了。而她那怪異的容貌亦被登在報上，甚至被某位名畫家畫了出來，並將那幅畫取名為「哭泣的女人」。

例二：　……於是女孩的臉型變成歪七扭八的。最後這位女孩還被拍成照片，照片也得到了比賽中的優勝，後來卻是被放在世界各地的畫展中展出，作為畫展的一項作品。

例三：　時空開始轉化，她的臉從鏡子裡，變到報紙上，再變到大畫家畢卡索的畫上。

例四：　她的臉已經變得不像人的臉，是一張奇奇怪怪又凹凹凸凸的臉，完全是一張方塊臉了。後來被一位畫家看到如此怪異的臉，馬上激起他的靈感，畫下了一幅畫，名叫

「哭泣的女人」。

緊接著變臉的震撼情節之後，扭曲的臉和畢卡索名畫之間的連結則是充滿傳奇，從震撼到傳奇，這是同學可以發揮想像力和描寫功力的地方。由上述幾個例證可以看出，大部分的同學都有不錯的成績，展現了靈活創意和寫作潛能，這些將是未來發展的優勢。

　　王鼎鈞先生說：「『說明』之難在說得簡潔明確，『描寫』之難在描得生動新鮮。」④所以在情節描寫上，不該只是詳細地描寫「眼前的景象」，更應將作者「心中的景象」⑤融入其中，才能使文字生動新鮮。有些同學在動作說明之外，更點出女主角的心情，例如：「迫不及待」、「慌張」、「崩潰」、「歇斯底里」……而這番詮釋其實是作者自己心中的感受，因為整部動畫是無言的，沒有旁白、對話，也沒有心中獨白。可見得光是寫出眼前景象那只是「說明」而已，必須進一步描繪出「心中的景象」，才能活化作品，由平面變成立體；而「心中的景象」有賴於寫作者情感或思維的參與。所以說：「真誠」是寫作不可或缺的元素，這是亙古不變的寫作原理。

4. 後續情節

　　一般同學處理完哭泣的臉和畢卡索名畫之後，就停筆了，但是有些同學則繼續編寫：

---

④　王鼎鈞，《作文七巧》，頁86。

⑤　王鼎鈞：「（寫作的）三個可能：說明眼前的景象；描寫眼前的景象；描寫心中的景象。」同前註，頁87–88。

例一： 琳達聽到至芬到她家了，就立刻開門要歡
　　　 迎至芬進來，當她開門後，發現鄰居也在
　　　 旁邊；鄰居看見她的樣子後，都驚訝得紛
　　　 紛跑開，並且鄰居們開始將這事傳出去。
　　　 不久，琳達的事情傳到了報社，接連而來
　　　 的是新聞記者打電話聯絡她要採訪，琳達
　　　 也將所使用的產品拿去檢驗。最後，才得
　　　 知那個產品有些成分是過量的，才會讓琳
　　　 達的臉變形。

例二： 貝蒂一連哭了好幾天，最後她決定要出面
　　　 告訴大家不要再像她一樣，她把她的慘痛
　　　 經驗透過電視、報紙分享給大家，也告訴
　　　 大家每個人都是最特別的，內心比外表還
　　　 重要；此外，還要求黑心商人把產品都收
　　　 回去，免得更多人受騙上當。……後來她
　　　 的肖像被放在藝術館，紀錄她的事；……

例三： 她的男友這時出現了，剛剛發生的一切他
　　　 早已看在眼裡，並且把他女朋友哭泣的樣
　　　 子，給畫了下來，她男朋友是一個有名的
　　　 畫家──畢卡索。他過去安慰他女朋友，
　　　 他跟她說：「臉毀了沒關係，只要妳的心是
　　　 美的就好了，我不在乎。」他女朋友聽到這
　　　 些話很感動，而畢卡索為他女朋友畫的這

幅畫，也因此變得很有名。畢卡索更從這次的事件裡，開啟出他的新畫風，各大報紙都把這幅畫放在頭條，他的女朋友也不再難過了，並接受了自己現在這個樣子，只是再也不會隨便買東西了。

例四：瑪麗亞答應成為畢卡索的模特兒，而在畢卡索的手裡，讓瑪麗亞在畫裡面展現了另一種不同的美感，此畫也讓畢卡索此生不規則的畫風風靡全球……

可見得同學除了掌握原本動畫的基本情節之外，更能發揮想像力增添情節，豐富結局。有的同學甚至全盤改寫，例如：蘇楷婷同學將動畫中整容的情節和《木偶奇遇記》結合，改寫成〈木偶王國〉⑥，擺脫原作的格局，創造新的架構，充分展現了想像力和創造力。

　　總之，描寫人物除了外貌的勾勒之外，更應注意其動作、表情，並且直達其心靈活動，才能直扣人物精神表裡，使其生動鮮活如在目前。因此描繪工夫必須由外而內，才能將文字凝聚而為人物的神態，因為「神態描述法是塑造人物形象的一種重要方法。」⑦此外，透過對話或自言自語也是塑造人物的方法之一。在同學作品中，有些人已經大致能夠掌握人物的神態，也有人知道使用對話或自言自語來活化人物、推展情節，展露

---

⑥　參見本章附錄。

⑦　閻銀夫等，《作文技法通鍵》（上），臺北：建宏出版社，1991 年，頁 361。

了寫作才華。教學過程中，可以針對同學的特長，強化這些優點，引導同學更上一層樓。

(二)主題寓意

這個題目的寫作挑戰大致有兩方面：第一部分是整型過程的描寫，包括動作細節和心理活動；第二部分則是主題的掌握或闡發。關於整部動畫的主題寓意，從同學作品中大致可以歸納出以下兩個面向：

1. 美的迷思

說完了故事之後，許多同學把主題導向社會批判，而批判的內容大致有如下幾個觀點：

(1)女性因為過度愛美，於是盲目迷信美容產品的神奇效果。

(2)社會風尚強調外在美，使得不肖商人趁機牟取暴利。

(3)愛情的基礎大多建立在美貌之上，往往沒有美貌就沒有愛情。

這些批判正可以看出同學的思辨能力，以及犀利的筆調。且看下面幾個例證：

例一： 很多女人真的為了漂亮而傻事做盡了，看著說明書的女人簡直就是完完全全的信任裡面說的功效，這也反映出現代人不求證，貪圖方便就逕自買下使用！

例二： 現代的年輕人為了外型，不惜花大錢整型、

打小針美容，卻常常弄巧成拙，有人整型
整了幾十次，卻讓自己的臉變形了；有人
打玻尿酸，打到臉發腫，無法復原的地步。
甚至為了減肥，不顧自己的生命，胡亂吃
來路不明、品質堪慮的藥物。盲目的跟從，
希望自己是獨一無二，卻不清楚自己要的
到底是什麼，忘了原來的自己才是真正的
獨一無二；最後害了自己，欲哭無淚。

例三：　現在的人都不滿意自己的容貌和身材，看
　　　　大家整形完都變得很完美，所以都想去整
　　　　容，可是身體髮膚受之父母，長相也都是注
　　　　定的，去動刀改變真的不好，如果整形失
　　　　敗，就跟小美一樣變成「哭泣的女人」了！

例四：　她想要完美的容貌，卻只是變得更加的醜
　　　　陋，沒有她想要的美麗的容貌，只有一張
　　　　尖銳又凹凸不平像是碎石子的臉，就像是
　　　　老天給她的懲罰一樣。

從以上幾段文字便可以看出，同學批判了女性過度愛美心理，
點出其中的盲目（例二）、迷思（例二），而做盡傻事（例一），
因此毀容的慘痛的代價，其實是上天所給予的嚴厲懲罰（例四）。
由此可見同學筆調犀利，並且富於批判。尤其是例二，作者不
僅熟悉各種整型的資訊，更點出其中的弔詭之處，愛美的女性

渴望自己獨一無二、光芒萬丈，卻盲目追隨社會價值，反倒是喪失了與生俱來的獨特性。如同每年的金馬獎、奧斯卡典禮上，女星為了爭奇鬥豔，不約而同求助名牌服飾的加持，卻不免發生撞衫的窘態。渴望光芒萬丈卻黯然失色，根本原因就出在美的迷思。

　　破除了美的迷思，那麼究竟美是什麼？

　　龔欣怡同學說：「原來的自己才是獨一無二的。」

　　王建華同學說：「年輕，自然就是美。」

　　賴月女同學說：「在這世上是沒有十全十美的事情。有時候順其自然，反而更能凸顯出一個人的美麗。」

　　黃敬瑋同學說：「我覺得沒有每個人一生下來就是完美的，也沒有一生下來就是非常醜的，長相這東西跟你的氣質、對人的態度和笑容比較有關係。氣質是後天培養出來的，對人只要有禮貌和常常微笑，我想沒人會說你醜吧！」

　　陳珈含同學說：「讓自己的缺點變特點，才是一種真正的自信。」

　　陳雅竹同學說：「臉毀了沒關係，只要妳的心是美的就好了，我不在乎。」

　　蘇楷婷同學說：「俗話說『天生我才，必有用』，

　　　　所以一定可以找到自己的好，不管外表如何，下
　　　一個明日之星有可能就是你。」

藉由同學的銳筆，闡發了美的真諦——美就在獨一無二，不必
複製模仿。每個人都是獨一無二的，重要的是自信和自然：「自
信」就從心來，氣質美化了心靈，微笑美化了臉部線條；「自然」
就從自我肯定開始，珍惜自己的年輕，接受自己的缺點也會變
成特點。所以閱讀這些文字，彷彿遇見樸拙的年輕美學家、哲
學家蟄伏在校園裡。只要啟發和引導，未來將是清新可期的明
日之星。

　　除了當事人有所謂美的迷思之外，社會大眾也不能倖免：

　　　她驚嚇到簡直欲哭無淚，這時候慌張也不是辦法，
　　　可是也沒辦法出去見人，只好先打電話給小鄭告
　　　訴他今晚的聚餐取消了……小鄭不了解莉莉的痛
　　　苦，開始與她爭吵，……「好，取消可以，但是，
　　　我們分手。」……這時莉莉頓時覺得自己什麼都失
　　　去了……黑暗的房間內，床上獨坐著一個女人，
　　　掛著一張殘破不堪的臉獨自流著眼淚……

為了取悅情人，為了抓住愛情，而貿然整型的女子，卻因為毀
容也毀掉愛情，這是她始料未及的。作者似乎點出：原來許多
人的愛情是建立在美貌之上，沒有美貌就沒有愛情！上述引文
充分掌握這種悲劇性，尤其是最後幾句的意象經營，強化了悲
劇的氛圍。

　　美的迷思帶來不可挽回的悲劇，也讓整個社會瀰漫著浮華虛幻的假相。

2. 消費意識

　　社會風氣引導了時下女性的審美觀念？還是美的迷思助長了社會風尚？兩者之間應該是互為因果，相生相成的。因此許多同學把主題引向消費意識：

> 例一：　使用東西前，應該要仔細閱讀過內容，不要因為一時的愛美而損失慘重。現在市面上有各種商品，裡頭有很多廣告誇大不實，使消費者被誤導，因為愛美而傷害身體真的很划不來！這個小故事提醒我們，拒買來路不明、標示不清的產品。

> 例二：　鄰居看見她的樣子後，都驚訝得紛紛跑開，並且鄰居們開始將這事傳出去。不久，琳達的事情傳到了報社，接連而來的是新聞記者打電話聯絡她要採訪，琳達也將所使用的產品拿去檢驗。最後，才得知那個產品有些成分是過量的，才會讓琳達的臉變形。

> 例三：　買東西時一定要有安全認證才可以，並仔細看說明書，不要盲目的買東西，……

從以上作品可知現代公民必須具備消費意識，使用產品應謹慎小心，必須通過檢驗認證，不可輕易試用而惹來無妄之災。同學作品中更進一步批評廣告不實，更挺身舉發不良產品，不但具備消費意識而且遇事積極而主動，絕非消極地退縮自憐。這或許是新生代年輕學子與上一世代不同的處世態度。

從美的迷思到消費意識，展現了同學多元的思考面向。這篇習作大部分同學以「哭泣的女人」或「立體悲劇」為題，也有同學未訂題目，僅有三篇別出心裁，自訂題目：李雅婷同學以「整型失敗例子——蔡小美親身實例！」為題，內容寫實，充滿趣味；此外，陳怡秀同學以「貪心」為題，內容富於批判，寫作方向極為明確；蘇楷婷同學則以「木偶王國」為題，結合動畫和童話兩條線索，展現與眾不同的寫作趣味。從訂定題目便可知同學掌握主題的能力，能夠確立題旨，文章脈絡發展才有定向，這是不可忽視的基本工夫。

四、寫作障礙

通過上述作品的呈現可以略窺大部分同學的敘事寫理的文字能力，有些同學具備寫作潛力，但仍有部分同學有寫作障礙。問題大致出在不知如何駕馭材料，更不知如何獨立思考。以下針對這些寫作障礙逐項舉例討論：

(一)駕馭材料、掌握主題的障礙

處理寫作材料的能力，如同走進百貨公司面對琳瑯滿目的櫥窗展示，精明的消費者便知如何選購適合自己的商品，但是一般同學往往不知如何選材、取材，造成作品偏離主題或模糊

失焦。

1. 主題不明確或偏離主題

　　確立主題，開發題旨是寫作上的優勢；反之，不能掌握主題便是寫作上的一大障礙。有些同學不能掌握主旨，反倒介紹動畫的創作背景或是探討畢卡索創作的來由：

> 例一： 畫中的女人是畢卡索的其中一個情人，看到她臉部所呈現的扭曲，用盡全身力氣的悲傷，該是被她所愛的男人傷的很重吧！這也可以看出一個男人面對感情的殘忍，看著女人的傷心，冷酷地畫下這專屬於他的痛苦，相信這是畢卡索的另外一種成就感吧！

> 例二： 內容敘述一位女性歡天喜地買了這個化妝用品，翻開工具書，想讓自己變得更美麗，可是動手變臉的下場卻是弄巧成拙，最後毀容、傷心哭泣——她意外地成為畢卡索著名畫作《哭泣的女人》。這樣的構想我個人覺得十分的有趣，以現在的動畫技術，其實已經可以做到人類光滑的皮膚。可是兩位作者卻不利用這樣的技巧，故意用較少的立方體，做出有點凹凸不平的感覺，塑造出一位簡單的女人。這樣有趣的故事

內容卻是從閒聊中誕生出來的，有一天，全明遠突然提到一部 2002 年 SIGGRAPH 入選動畫《Polygon Family》，那時孫春望根本沒看過這部日本動畫，就只好從字面上去猜測影片內容，他問道：「嘿，如果一個多面體 (polygon) 女人化妝出了錯，你覺得她會怎麼辦?」全明遠歪著頭想了一下，就說:「我猜她一定會選取自己弄壞的半邊臉刪除，然後編輯製作另外半邊臉，再複製回去。」雖然是個只有 3D 人才懂的笑話，但是他們倆都很喜歡這個點子，於是決定就以「多面體女人化壞了妝」為動畫主題。

從以上兩個例子可知，部分同學將重心放在動畫創作背景或畢卡索情史，而沒有自己的看法，這些都是偏離主題的寫作線索。可見得同學對於材料的處理，只限於表層，不能結合生活經驗，往深層去理解去思考，所以造成作品沒有主題，或是主題不明確，甚至偏離主題的缺憾。

對問題的掌握代表一個學生的理解能力，而理解能力是閱讀進修、思考判斷的基礎，有人說：寫作是打開思考的大門。透過寫作練習，讓學生學習面對問題，取捨材料和資訊，逼出思考的潛能，進而建立自己的思想架構。如此，才能寫出思路清晰、主題明確的文章，甚至進階到寫作論文也才有可能。

2. 依賴網路資源，疏於思考

　　有些同學受到這部動畫獲得國際大獎的鼓舞，在作業中對於技職院校學生的創意與發展充滿期待：

> 例三：　其實學生的創意無限大，有很多奇奇怪怪
> 　　　　的想法，記得滿久前看過一篇報導，說技
> 　　　　職院校學生的創意比普通大學學生來的豐
> 　　　　富，很多設計公司或是需要創意的行業較
> 　　　　對技職院校的學生有興趣，大學四年多多
> 　　　　充實自己，希望以後也能有這樣的好成績。

作者強調技職學生的優勢在於充滿創意而沒有包袱，但是創意是建立在勤於思考，才能活化舊有的資源，賦予新的意義。就像〈立體悲劇〉這部動畫結合畢卡索名畫（舊）和現代整型的風氣（新），才能夠創造出充滿戲劇效果、張力十足、寓意深遠的作品來。所以創意不是天上掉下來，必須擁有深厚的知識背景做基礎，成為創意可以資藉的材料，作品才會有深度，而引發共鳴。但是大部分同學冀望以創意發光發亮，卻不肯深耕實力，十分可惜！

　　同學在作業中習慣以網路資源作為唯一搜尋資料的管道，其實這正是缺乏創意的表現。前引的例一和例二，關於動畫創作背景和畢卡索情史的描寫，無疑是來自網路資料；此外，還有不少同學表現出對網路資源的依賴：

> 例四：看了這部立體悲劇小短片後，覺得立體效

> 果做的挺好的，影片內容很好笑，第一次
> 還看不懂是什麼意思，後來到網路上查了
> 之後才大概知道，……

簡明易懂的動畫，何須查詢網路才能明瞭主題呢？經常依賴外援，便失去自我成長的契機，這是多數同學的通病。網路資源有其方便之處，但也因為它的方便，許多人不再上圖書館翻閱紙本資料，搜尋範圍只限於網路所提供的資源，甚至習慣用電腦加以剪貼、複製、抄襲來完成作業，於是報告內容大同小異；甚至不經消化彙整，無法扣住議題，於是寫來文不對題，嚴重失焦。這個普遍的陋習正是扼殺創意的絆腳石。誠如《莊子‧齊物論》所言：「其成也，毀也。」成與毀只在一線之間。因此課堂上必須提醒同學，使用網路資源時必須知所取捨，不可被它窄化視野，壟斷資訊。

㈡駕馭文字、使用符號的障礙

1. 用字不當

　　文章的基本元素是文字，文字構成詞，由詞構成段落、篇章，所以用字遣詞就像機械的螺絲釘，不僅缺一不可，而且更應大小合宜，位置適當。以下幾個例子可以看出同學在用字遣詞上的疏漏之處。

> 例一：　女孩在左半邊臉頰上點了一下，但是女孩
> 　　　　還覺得不滿意，於是女孩又再點了第二下，
> 　　　　女孩還是覺得有點缺陷，於是女孩再點了

第三下，再點完第三下後女孩的臉型變成
很奇怪。

案：連續幾個「於是」已經造成語意重複之外，每個動作之間
都是用逗號分開，更顯得冗長拖沓。許多同學對於連接詞的使
用缺乏變化，往往一連串的「於是」、「然後」、「後來」，敘事顯
得平面化或層次凌亂。

　　　例二：於是這位她女孩就開始使用這項產品了，
　　　　　……

案：「這位她女孩」，其實可以擇用其一，使用「這位女孩」或
「她」，均可。

　　　例三：瑪麗亞答應讓畢卡索成為模特兒，……

案：應是「瑪麗亞答應成為畢卡索的模特兒」，語序顛倒造成主
賓易位。

　　　例四：我覺得沒有每個人一生下來就是完美的，
　　　　　也沒有一生下來就是非常醜的。

案：第一句「沒有」的受詞是一長串的「每個人一生下來就是
完美的」，建議改為「不是」擔任否定詞，比較恰當，第二句可
以在「沒有」的後面加上「人」字，改為：「也沒有人一生下來

就是非常醜的」，這樣語意比較完整。

　　　例五：後來又拿了一個類似能使皮膚平滑的工
　　　　　　具，她試了一下，真的不錯用。

案：「不錯用」一詞，應是從閩南語轉化而成流行口語，諸如「不
錯吃」、「不錯看」都是同一系列用語，俏皮戲謔卻不合文法，
不宜用在正式文字書寫之中。

　　　例六：瑪麗亞的臉變成崎嶇不堪。

案：「崎嶇不堪」一詞多用來形容道路或前途，用來形容面貌，
具有修辭上「轉化」的誇張效果，但是和全文的風格未必符合，
所以修辭技巧的運用，還必須配合整體風格的營造。

　　　例七：一張開眼睛的Ａ女看著自己的臉，她完全
　　　　　　崩潰了‧‧‧

案：「一張開眼睛的Ａ女」擔任全句的主詞，如果改成「Ａ女一
張開眼睛，看著自己的臉」，變成兩個動詞，比較有連續動作的
效果，而不是擔任修飾語，產生層層疊疊的糾纏不清的感覺。
　　用字遣詞是寫作文章的基本工夫，詞彙不足或用語不當，
都是寫作上的障礙。若要突破這個障礙，必須多閱讀，累積多
樣化的詞彙，儲存寫作資源，用字遣詞才能豐富、靈活，不虞
匱乏。

2. 錯用符號

在同學作業中經常可以看到標點符號使用不當的情形，即使已經在課堂上按照符號功能逐項講解，並配合造句練習，但是要改正同學長期以來亂用符號的積習，不是一朝一夕就可奏效的，所以錯用的例子不勝枚舉。

(1)只用逗號

> 例一： 女人在鏡子前面端詳自己的面容，照著照著似乎對自己的臉很滿意，但換一邊臉頰查看的時候，發現皮膚有塊凸起而感到不開心，但馬上就想到了什麼，從梳妝臺下拿出了盒子，裡面是一款類似整容修容的美容品，她邊看著說明書，邊拿著一瓶似乎可以變大變小的美容瓶。

> 例二： 這時的瑪麗亞感到驚奇又好玩，多玩了好幾次，於是拿著適合自己的工具，往自己臉頰上小小隆起的地方輕輕的點了一下，比原本好了一點，心急的瑪麗亞又往自己的臉輕點了一下，……隨便拿了一個工具，貼住自己的臉，此時卻又把自己原本區塊給拉拉拉，拉出了比原本更誇張的肌膚！

例一，從發現自己皮膚有塊凸起而不開心，到拿出美容器材之

間，應該要用句號隔開，條理比較清楚。例二則是一長串句子，約略三百多字，從頭至尾只有逗號連接，顯得冗贅混亂，讓人讀來如墜五里霧中。

標點符號好比服裝上的飾品，使用得宜，具有畫龍點睛之效。逗號不是萬能的，必須配合其他符號一起分擔修飾文章的功能，且看以下這個例子：

> 接著她拿起之前的那個器具開始在臉上進行修改。第一次，不甚滿意；第二次，更不喜歡；第三次，臉變得好奇怪。

這位同學文句簡潔，又能在每個動作之間善用分號，使層次更分明，語意更明確。這就是標點符號畫龍點睛之效。一味使用逗號，這是一般人的通病，另外還有其他錯用標點符號的現象。
(2)單引號與雙引號混淆，例如：

> 在現在的社會裡大家的觀念都是『瘦與美』，……

標點符號的使用規則是先用單引號，若再需要引號，才使用雙引號。因此雙引號一定用於單引號之中，此處應改為單引號。
(3)人名不可用括號，例如：

> 但是據我所知學生製作這一段影片的靈感的來源，卻是來自與一位很有名的畫家：【畢卡索】所繪出的一幅畫。

夾註號用於註解、補充、說明，人名不宜如此標示。

(4)刪節號泛濫

> 例一：　碰的一聲，女子的臉整個扭曲變形，原來
> 　　　　這就是畢卡索「哭泣的女人」由
> 　　　　來‧‧‧‧‧‧。

> 例二：　看著自己的臉，她完全崩潰了‧‧‧

刪節號的恰當使用，會有「言有盡而意無窮」的效果，但是許多同學在辭窮之時，慣以刪節號一筆帶過，往往滿篇刪節號而詞不達意。此外，刪節號應該是六點，位置是兩格，上述例子不是點數不符（例二），就是格式過長（例一），這些都是寫作上極易被忽視的瑕疵。

(5)其他

> 例一：　女人一開始點的時候，的確使臉部有點消
> 　　　　下去，但是這樣對她來說還不夠，又點了
> 　　　　點～沒想到居然讓臉頰半邊都凹下去了，
> 　　　　……

> 例二：　她意外地成為畢卡索著名畫作《哭泣的女
> 　　　　人》。

> 例三：　她成了畢卡索畫筆下的鉅作—哭泣的女人。

波浪紋用於兩個數字之間，此處可能是和破折號混淆（例一）。關於繪畫名稱的符號標示，有人使用引號，也有人使用書名號（例二），格式參差，莫衷一是；參照教育部 97 年 12 月頒布的《重訂標點符號》修訂版所舉實例：〈蘭亭帖〉、〈清明上河圖〉、〈蒙娜麗莎的微笑〉，因此宜統一寫成〈哭泣的女人〉。例三不僅未能標示出作品名稱，就連破折號所占的格數也不正確，應更正為兩格。

　　夏丏尊先生說：「選擇符號的積極的標準是求適合情境。此外還有一個消極的標準，就是求意念明確。」⑧可見得，無論是基於積極標準還是消極標準，標點符號使用不當都是語文表達上的障礙。《當代詩學》主編楊宗翰在〈語文小教室〉中討論到標點符號的用途：

　　　　一是分別句讀，一是標明詞句性質或種類。句讀
　　　　不明，寫出來的文句就會長短失當，弄得讀者好
　　　　不疑惑。⑨

所以小小標點符號，正洩漏出作者文章駕馭能力的高下。一般學生的作業除了一路「逗」到底，更是頓號滿天飛，楊宗翰有如下的評斷：

---

⑧　夏丏尊，《文章講話》，「意念的表出」，臺北：大漢出版社，1981 年，頁126。
⑨　楊宗翰，〈重視標點符號〉，《聯合報》，2007.1.24。

當逗號與頓號如箭陣齊發，貌似波瀾壯闊，其實只是在掩飾作者完全不懂得如何安置句號罷了。沒有能力控制一句長短，如何奢望可以駕馭全篇？ ⑩

標點符號的使用若不能稱職適切，反成語意表達上的障礙，若不能排除這項寫作障礙，文章魔力打了折扣，便難成佳篇。

　　無論是材料的選取、主題的掌握，還是文字的駕馭、標點符號的運用，這些都是寫作上不可或缺的元素。欠缺駕馭這些元素的能力，造成寫作的障礙，即使再多的聰明創意也無法發光發亮，若要嶄露頭角，非排除這些障礙不可。

五、總體評估

㈠問題癥結：缺乏閱讀和寫作

　　根據前文的展示和分析，可知四技新生的語文表達能力有其優勢，也有寫作障礙。想像力豐富，創意十足，表達方式靈活多元，是寫作上的優勢，透過鼓勵和引導，很容易激發潛能，必可長足的進步；至於寫作上的障礙，應是鮮少閱讀而自信不足，再加上練習不夠，於是對於文字的駕馭，主題的掌握，標點符號的運用，都顯得生澀困窘。所以多閱讀，多練習，才能增進寫作能力。

　　除了寫作可以看出學生的表達能力，其實考試也可以間接

---

⑩　同⑨。

考核語文能力的高低。就以 open book 的考試方式為例，大部分學生一看到題目，只會在現有的資料中尋找答案，不假思索地照抄不誤，幾乎沒有自己的見解；也有人不能扣準問題，答題不夠精確，甚至答非所問；更有人以大綱式回答，欠缺文字的說明表述，於是申論題變成簡答題。這背後凸顯了兩個問題：一是理解能力不足，所以無法延伸思考，不能精準回應問題；二是表達能力不佳，所以無法暢所欲言，鋪陳推論。

　　現代學子語文能力的實況，透過「全民中檢」便可得到具體驗證。根據《中國時報》的報導：

> 臺灣師範大學對三千名國小到大學學生進行「全民國語文能力分級檢定測驗」（簡稱全民中檢）預試，發現臺灣學生缺乏閱讀、理解完整文章的能力，……⑪

可見得缺乏閱讀和理解的能力，這是從小學到大學的普遍現象。另外，從 BBS 網站的文章便可進一步獲得佐證：

> 一位曾擔任版主的 P 網友表示，他長年觀察，BBS 最好的文章模式是盡可能短，每行文字儘量少，甚至一句一段。整篇文章最好不要超過一個半畫面，一旦超過，網友根本沒有耐心讀；就算讀了，也容易搞錯文意，導致回應失焦。

---

⑪　陳至中，〈全民中檢預試學子文學不佳〉，《中國時報》，2007.11.29。

> 文化大學傳播學院陳姓同學說，自己閱讀長文時
> 較吃力，常會感覺「字浮在書上」，或有看沒有懂，
> 徒然浪費時間。⑫

語文能力低落究竟是什麼原因造成的呢？臺北市螢橋國中資深
國文教師俞博指出：

> 現代的孩子受影音視訊影響，對文字沒耐性是事
> 實，要培養學生文學賞析能力，一定要讓學生大
> 量閱讀。⑬

因為沉迷於影音視訊的世界，現代的學生閱讀時間減少，閱讀
長篇文章的機會變少，導致學生面對長文就變得束手無策，根
本無法掌握文意，更遑論領悟其中的深義了。再加上網路通訊
多以一句一段的方式表達，不必透過標點符號的輔助，不僅文
章寫不長，更談不上謀篇布局了。

　　無論是閱讀或寫作，學生若不能處理長文，自然無法課外
自修，也無法從事論文寫作。於是長篇鉅著的典籍和專著，現
代學子都無緣吸取古今新舊的養分，語文能力低落，連帶的人
文素養也會節節下降，這是教育上不可忽視的隱憂。

　　所以若要改善現狀，必須從閱讀和寫作雙線進行，才能挽
救語文能力低落的通病。

---

⑫　陳至中、石文南，〈BBS貼文長了沒人看〉，《中國時報》，2007.11.29。
⑬　同⑫。

㈡改進方案：引導閱讀和寫作

醒吾技術學院通識教育的「大學寫作（一）」著重在基礎寫作能力的鍛鍊，「大學寫作（二）」則重在培養學生論文寫作的能力；所以必先打好基礎寫作的功力，才能寫出內容充實、結構完整的研究論文。

然而由於閱讀習慣的缺乏和寫作能力的不足，學生很難獨力從事論文寫作。因為理解能力不足，根本無法消化資料，更談不上加以剪裁、重組，建構出自己的思維；因為表達能力不佳，只能依賴現成的資料，局部剪貼或全盤複製，除了抄襲，無法創造。

寫作能力的鍛鍊真的是一步一腳印，必須從用字遣辭、標點符號、分段布局、主題掌握等多方面鍛鍊，才能夠完成一篇流暢達意的短文。能夠適切地完成一篇短文，才能進階到長篇文字，甚至是論文習作。倘若未能打好寫作的基礎工夫，遑論寫出文采優美和寓義深遠的篇章了。因為每一篇論文都是由無數短篇構造而成的，無論是前言、結論，還是每一個章節，都有起、承、轉、合的基本架構，就像每一座深宅大院，都是由無數結構緊實的廳堂、居室組合而成的。所以打好寫作基本工夫，就從寫好每一篇短文開始，才能奠定寫作論文的實力，不必依賴抄襲拼貼。

總而言之，刺激思考和引導寫作，強化語文能力，奠定論文習作的基礎，這是「大學寫作（一）」的重要任務。

技職院校的學生的特色是思想自由、創意十足，倘若表達能力欠佳，抽象的創意便無法具體呈現出來。因此在教學過程

中，若能以學生創意為資源，從旁多加鼓勵和引導，鍛鍊他們的文字功力，相信有助於學生創意的升級，也可以在職場發揮才能，出類拔萃。

為什麼寫作這麼重要？《天下雜誌》──「教出寫作力」專刊曾經探討世界各國語文教育的推展實況，其中美國國家寫作委員會曾於 2004 年提出一份重要報告──〈寫作：工作入場券或出場券〉(Writing: A Ticket to Work... Or a Ticket Out)，內容強調：「良好的寫作能力已成為專業工作的必要條件。」又說：

> 今天職場上，寫作是白領工作者雇用與升遷的「門檻能力」(threshold skill)，……寫作有如一張通往專業工作機會的入場券。⑭

美國國家寫作委員會共同主席克里先生也認為：

> 企業界都在大聲疾呼，他們需要寫作能力更好的人，……無法用寫作清楚表達自我的人，等於限制了他們在專業工作的機會。⑮

可見基本寫作能力不只是研究論文的發展基礎，更是攸關職場的勝負。清晰而正確的寫作能力帶來了競爭力，這是專業人士必備的條件。美國國家寫作計畫委員史特林先生認為：

---

⑭ 《天下雜誌》2007 年親子天下專刊，頁 33，2007.9.6～2007.12.31。
⑮ 同⑭，頁 34。

　　　　寫作好的人，思考也會好。寫作是一種很強有力

　　　　的紀律，……⑯

從駕馭文字、資料剪裁、布局架構，都必須經過縝密的思慮，
能夠充分表達個人思維和專業素養的人，便擁有致勝的關鍵，
在職場上當然備受肯定。由此可見，寫作能力牽涉到表達能力、
研究能力、工作能力……，所以寫作教育的重要性不容忽視。

　　多方閱讀可以強化理解能力，豐富生活經驗；勤加寫作可
以刺激思考能力，增進溝通技巧；兩者是改進語文能力的不二
法門。閱讀與寫作的齊頭並進，除了可以在大學寫作課程中執
行，其他專業課程也可鼓勵學生從事課外書籍的讀書報告，這
也有助於整體語文表達能力的提升。

六、結　語

　　本文採用的作業抽樣是來自不同科系、班級的四技新生，
透過各項舉例的分析、對照，藉以了解一般學生的寫作能力，
希望能進一步掌握四技新生語文能力，給予恰當的評估，作為
「大學寫作」課程教學上的參考。從前文的展示得知：大部分
四技新生的寫作能力有待開發和鼓勵，至於寫作障礙則必須加
以引導和修正。

　　語文能力表現在聽、說、讀、寫等方面，其中閱讀會影響
理解分析的能力，寫作則影響溝通表達的能力，因此閱讀和寫
作是培養語文能力的關鍵所在。準此，「大學寫作」課程的進行，

---

⑯　同⑭。

一方面要督促學生多閱讀書籍，另一方面要引導學生多提筆寫作，進而上臺報告分享心得，這樣才能增進學生的語文表達能力。

此外，語文能力的優劣不僅牽涉到學業成績而已，更是奠定未來就業的基礎。技職體系的學生若要在職場上展現創意，創造優勢，除了必須具備專業知識之外，紮實的語文表達能力，更是不可或缺的條件，這也是通識教育「大學寫作」課程所要達成的教學目標。然而一般學生只重視專業科目的培養，往往輕忽「大學寫作」課程所承載的教育使命，使得擔任「大學寫作」課程的教師們倍感艱辛和任重道遠。希望透過此番教學成果的展示、教學心得的分享，達到彼此切磋，互相打氣的效果。

附　錄

木偶王國　　四觀一 1 蘇楷婷

從前在世界的一個小角落，有個王國叫「木偶王國」。在這裡住著大大小小的木偶，有的高、有的矮、有的瘦、有的胖、有的聰明、有的笨、有的很光滑、有的很粗糙。這些大大小小的木偶都是一個老爺爺年輕時做出來的，大家身體只要有任何的問題都會去找老爺爺。

老爺爺每天都有好多木偶要看，可是老爺爺不喜歡來要求老爺爺幫他們改變外觀的木偶；因為老爺爺認為，每個木偶不管長得怎樣都有他的特別的地方，所以每當那些要改變自己外表的木偶，都會被老爺爺趕出去。

在「木偶王國」裡，有個女孩叫貝蒂，她是一個很可愛很漂亮的木偶，可是她老是嫌自己不夠漂亮不夠好，她去求了老爺爺好多次，可是每次都被老爺爺趕出去，老爺爺對她說每個木偶都有特別的地方，你已經很可愛很漂亮了不用改變就很好看了，可是貝蒂不聽她想變得更漂亮更可愛，永遠都在嫌自己不夠好看哪裡不好哪裡不好，老爺爺很不喜歡貝蒂。

有黑心商人發明了黑心商品，自己DIY就可以改變自己的身體、臉蛋，根本就還沒通過安全檢驗合格，就上市了，廣告又誇大不實，但是貝蒂根本沒想那麼多，看到廣告就很興奮的跑去買回家。

買回家後貝蒂只看到說明書大家變漂亮的照片，她迫不及待就開始使用這產品，沒仔細好好的讀說明書。剛開始她把自己凸凸的地方變平一點，但是一個不小心太凹了，想回復，但是回復的工具和桌子起了作用，只有桌子有反應，她的臉一點反應都沒有，她開始很緊張，趕緊拿另一個道具把凹的臉用出來，又用得太凸出來了，她太緊張了就把能用的道具全拿出來用，結果本是要變漂亮的沒想到弄巧成拙，整個臉歪七扭八、五顏六色，完全沒辦法補救，出門都被大家嘲笑。

貝蒂哭著跑去找老爺爺，老爺爺雖然很討厭她，但看她這樣又心疼，所以努力想幫她變回原

樣,可是不管老爺爺再怎麼努力都無法變回原樣。貝蒂一連哭了好幾天，最後她決定要出面告訴大家不要再像她一樣,她把她的慘痛經驗透過電視、報紙分享給大家，也告訴大家每個人都是最特別的，內心比外表還重要；此外，還要求黑心商人把產品都收回去，免得更多人受騙上當。

　　貝蒂不怕她醜陋的臉給大家看到，反而還站出來要大家不要像她一樣，還有很多像她一樣的女孩都沒有勇氣站出來告訴大家，原本嘲笑她的那些人都覺得她很偉大，原本沒朋友的她，也因此得到了好多好朋友。

　　後來她的肖像被放在藝術館，記錄她的事；由這個小故事告訴我們不管外表如何每個人都是特別的，不要小看自己，買東西時一定要有安全認證才可以，並仔細看說明書，不要盲目的買東西，俗話說「天生我才，必有用」，所以一定可以找到自己的好，不管外表如何，下一個明日之星有可能就是你。

旅遊小品文寫作能力指引

　　現在技術學院為了提升學生的寫作能力，多開設大學寫作課程。而學生寫作的動機，最好源於他們的情感與生活經驗，較有意樂事半之效。小品文的寫作，對學生練習與教師批改，都為比較容易之事，且讓學生在短暫的時間體會到如何表達美麗的情境、精緻的修辭與構思，不失是一種可以練習的體裁。現在國民經濟較從前成長，一般家庭利用假日或閒暇旅遊的越來越多，因此寫遊記是學生練習寫作很好的方式。加上技職院校多有觀光、餐旅系的學生，旅遊是一種審美的活動①，也是知性的拓展，學生結合所學寫作，可以相益所學，除了可培養自我的審美感受力，亦可以增進寫作能力。因此筆者想到這個給學生習作的題目。而就寫作的一個體裁，本文則就旅遊小品文的寫作意義、旅遊小品文的淵源與發展、現代旅遊小品文的寫作原則，與學生學習成果舉例，說明旅遊小品文的寫作。

一、旅遊小品文的寫作意義

　　對寫作而言，在談到旅遊小品文的寫作意義時，應先說明小品文的寫作意義。它可以有如下幾點②：

① 今人研究認為，旅遊的本質就是一種審美活動。見葉朗言：「旅遊，從本質上說，就是一種審美活動。」《旅遊離不開美學》，引自王柯平，《旅遊審美活動論》，臺北：地景企業股份有限公司，民國82年3月出版，目錄頁前。

1. 可為作長文的準備

長文作得好，須先由短文作得好開始。與其亂作無謂的長文，不如多作正確的小品文。學文須從小品文入手。

2. 能多作

文章寫得好，要多讀多作。小品文因字數少，布局容易，便於多作，多作自然作文進步。

3. 可培養觀察力

小品文無論寫景敘情記物，都是須掌握最具特色、精采的部分，如此須具有細密、敏銳的觀察力。故寫作小品文可以培養觀察力。

4. 可使文字簡潔

小品文因字數少，陳述須扼要，材料也要精於取捨，故學習小品文，可使文字簡潔。

5. 可養成作文的興味

長篇文字初學者不易作好，小品文安排容易，作得好可見成績，改也不費事，易於增加作文的興味。

基於以上小品文的寫作意義，一般人或學生學寫作，以小品文為練習，不失為一個好方法。

由於旅遊已成為現代人生活經驗中的一部分，且旅遊是一種有趣、審美的活動，因此在歡樂的旅遊中學習寫作，寫作也成為一種具體而興味盎然的活動，有其意義。尤其學校有觀光、餐旅科系的學生，以學生曾受旅遊美的景物、事物深刻的感覺、體驗，結合旅遊的知識，作為習作，學生樂於學習，也很容易

---

② 本部分小品文的寫作意義參考夏丏尊，〈小品文〉，收錄於朱光潛等著《名家談寫作》，臺北：牧村圖書有限公司，2001 年 7 月初版，頁 211–212。

下筆。學生練習以準確、形象、生動的語言，表現真摯的感情與見聞，不但可以相益所學，亦可以增加寫作能力。

二、旅遊小品文的淵源與發展

(一)古代旅遊小品文

「小品」一詞，源於佛經，原來並非一種文學體裁的名稱③，但從內容和形式來看，魏晉至唐代，某些短篇的山水遊記，已接近現稱的旅遊小品文。唐代，有名的山水遊記小品，以柳宗元的〈永州八記〉最為著名，茲舉二例觀之：

> 始得西山宴遊記
>
> 　　自余為僇人，居是州，恆惴慄；其隟也，則施施而行，漫漫而遊。日與其徒上高山，入深林，窮迴谿；幽泉怪石，無遠不到。到則披草而坐；傾壺而醉，醉則更相枕以臥，臥而夢。意有所極，夢亦同趣。覺而起，起而歸。以為凡是州之山水有異態者，皆我有也，而未始知西山之怪特。
>
> 　　今年九月二十八日，因坐法華西亭，望西山，始指異之。遂命僕過湘江，緣染溪，斫榛莽，焚茅茷，窮山之高而止。攀援而登，箕踞而遨，則凡數州之土壤，皆在衽席之下。其高下之勢，岈然洼然，若垤若穴，尺寸千里，攢蹙累積，莫得

---

③　見曹淑娟，《晚明性靈小品研究》，臺大博士論文，民國76年7月，頁19。

邈隱；縈青繚白，外與天際，四望如一。然後知
是山之特出，不與培塿為類。悠悠乎與灝氣俱，
而莫得其涯；洋洋乎與造物者遊，而不知其所窮。

　　引觴滿酌，頹然就醉，不知日之入。蒼然暮
色，自遠而至，至無所見，而猶不欲歸。心凝形
釋，與萬化冥合。然後知吾嚮之未始遊，遊於是
乎始，故為之文以志。是歲，元和四年也。

鈷鉧潭記

　　鈷鉧潭在西山西，其始蓋冉水自南奔注，抵
山石，屈折東流；其顛委勢峻，蕩擊益暴，齧其
涯，故旁廣而中深，畢至石乃止。流沫成輪，然
後徐行；其清而平者且十畝餘，有樹環焉，有泉
懸焉。

　　其上有居者，以予之亟遊也，一旦款門來告
曰：「不勝官租私券之委積，既芟山而更居，願以
潭上田貿財以緩禍。」予樂而如其言。則崇其臺，
延其檻，行其泉於高者而墜之潭，有聲潀然，尤
與中秋觀月為宜，於以見天之高，氣之迥。孰使
予樂居夷而忘故土者，非茲潭也歟？

柳宗元的這兩篇小品文，固然是遊山水之作，但都寓含了個人
被貶謫不得志的心情。柳宗元寫山水，美則美矣，實內容有很
深的寄託。王立群研究中國古代山水遊記，認為「遊記」乃「遊

覽山水有記」，其內容應包括三個基本要素：一、景物的描繪，二、遊蹤的記述，三、作者思想感情的寄託④。而以柳宗元這兩篇遊記來看，的確如此。

小品成為一種文類的通稱，且專指旅遊的內容，成為一種特定的文章，則屬晚明時期，尤以袁宏道、張岱為代表。如陳少棠曰：

> 近人編選晚明小品集，採錄的作品以遊記為最多，因為近代研究文人，一般都以為晚明「小品」之成就，主要在山水遊記方面。而芸芸眾多的晚明「小品」作家中，最為近人所知者即為袁宏道及張岱，兩人均以山水遊記見長，同時都寫了許多描述西湖景色的遊記。⑤

晚明遊記小品的特色是雋異，如陳萬益曰：

> 篇幅短小固然是大多數「小品」的寫作傾向；雋異卻才是它們共同追求的目標。⑥

晚明遊記小品散文特色為雋永不俗，表現韻、趣，簡郁昕亦曰：

---

④ 王立群，《中國古代山水遊記研究》，開封：河南大學出版社，1996年，頁5-6。

⑤ 陳少棠，《晚明小品論析》，臺北：源流出版社，1982年5月，頁25。

⑥ 見陳萬益，《晚明小品與明季文人生活》，臺北：大安出版社，民國77年5月初版，頁33。

後人在提到晚明「小品」時，逐漸專指晚明的散
文作品……，是指「幅短而神遙，墨稀而旨永」，
雋永不俗，能表現韻、趣的散文。⑦

袁宏道遊記小品散文的特色，簡郁昕又曰：

體現中郎靈動的才思、超逸的性情與雋永的意趣。
……具體實踐了公安派「獨抒性靈，不拘格套」
的文學理論。⑧

吳承學亦曰：

每每以遊蹤與心迹合二為一，情、景、意、趣俱
佳，更是獨步一時。⑨

可以知道晚明袁宏道的旅遊小品散文，特色是雋永不俗，富有
韻趣，文章做到情、景、意、趣具佳。茲舉袁宏道之遊記小品
散文二篇以見之：

晚遊六橋待月記　　袁宏道

⑦　見簡郁昕，《性靈與山水的邂逅——袁中郎遊記小品研究》，師大碩士論
　　文，民國 96 年 6 月，頁 5。
⑧　同⑦，頁 2。
⑨　吳承學，《晚明小品研究》，南京：江蘇古籍出版社，1999 年 9 月，1 版，
　　頁 115。

　　西湖最盛，為春為月。一日之盛，為朝煙，為夕嵐。

　　今歲春雪甚盛，梅花為寒所勒，與杏桃相次開發，尤為奇觀。石簣數為余言：「傅金吾園中梅，張功甫玉照堂故物也，急往觀之。」余時為桃花所戀，竟不忍去湖上。

　　由斷橋至蘇堤一帶，綠煙紅霧，彌漫二十餘里；歌吹為風，粉汗為雨，羅紈之盛，多於堤畔之草，豔冶極矣。

　　然杭人遊湖，止午、未、申三時，其實湖光染翠之工，山嵐設色之妙，皆在朝日始出，夕舂未下，始極其濃媚。

　　月景尤不可言，花態柳情，山容水意，別是一種趣味。此樂留與山僧遊客受用，安可為俗士道哉！

　　　　靈隱　　袁宏道

　　靈隱寺在北高峰下，寺最奇勝，門景尤好。由飛來峰至冷泉亭一帶，潤水溜玉，畫壁流青，是山之極勝處。亭在山門外，嘗讀樂天記有云：「亭在山下水中，寺西南隅，高不倍尋，廣不累丈，撮奇搜勝，物無遁形。春之日，草薰木欣，可以導和納粹；夏之日，風冷泉渟，可以蠲煩析酲。山樹為蓋，巖石為屏，雲從棟生，水與階平，

坐而翫之，可濯足於床下；臥而狎之，可垂釣於枕上。潺湲潔澈，甘粹柔滑；眼目之囂，心舌之垢，不待盥滌，見輒除去。」觀此記，亭當在水中，今依澗而立，澗闊不丈餘，無可置亭者。然則冷泉之景，比舊蓋減十分之七矣。

　　韜光在山之腰，出靈隱後一二里，路徑甚可愛：古木婆娑，草香泉漬，淙淙之聲，四分五路，達於山廚。庵內望錢塘江，浪紋可數。余始入靈隱，疑宋之問詩不似，意古人取景，或亦如近代詞客，捃拾幫湊。及登韜光，始知「滄海」、「浙江」、「捫蘿」、「刳木」數語，字字入畫，古人真不可及矣。

　　宿韜光之次日，余與石簣、子公，同登北高峰絕頂而下。

以上所舉純為描寫遊蹤、景物。此兩篇可以見袁宏道的遊記小品，寫景優美，富有意趣。遊玩為賞心悅目之事，晚明小品文家已能專心、熱情的去遊玩，並記下他們的遊觀蹤跡與見聞⑩。與過去文人因仕宦貶謫，遊山玩水為寄託感慨不同，而與現代人旅遊的情形相同。

(二)現代旅遊小品文是晚明旅遊小品的延伸

　　自從晚明袁宏道的小品，成為一種文類的通稱，現代小品

⑩　見龔鵬程，〈遊人記遊：論晚明小品遊記〉，《中華學苑》，第48期，1996年7月，頁42。

文成為晚明小品的延伸。茲可由現代小品文的性質、字數、特徵三點來看：

1. 現代小品文的性質是抒情的

如馮三昧曰：

> 小品文就是指這內容單純外形短小的文字而言。……其本質實以抒情為主。……小品文形式雖是散文，性質實近於詩歌。它不能像尋常文字那樣的鬆散，也不能像一般詩歌那樣的緊湊。⑪

夏丏尊曰：

> 從許多斷片的部分的材料中，選出最可寄託情感的一點，拿來描寫，這是作小品文底祕訣。⑫

余我曰：

> 從題材到內容性質，都是自由的，可以議論，可以敘事，可以寫景，也可以抒情，不受任何限制。……小品文雖也敘事說理，但它的本質，是以抒情為主。⑬

---

⑪　見裴小楚，《習作的方法》，臺北：世界書局，民國 29 年 4 月初版，頁 175 引小品文講話。

⑫　同②，頁 219。

⑬　余我，〈談小品文〉，《文學與寫作技巧》，臺北：國家出版社，民國 82 年 1 月，頁 21。

2. 現代小品文的字數，是短篇的體製

如夏丏尊曰：

> 從外形底長短上，就二三百字乃至千字以內的短文，稱為小品文。……長文和小品文只是由外形而定。⑭

裴小楚曰：

> 小品文是一種二三百字到千字左右的短文（雖然不盡是這樣短小）。⑮

余我曰：

> 小品文……它很短，每篇從一兩百字到一兩千字。⑯

李銘愛曰：

> 一般在千字之內的短篇文體。⑰

---

⑭ 同②，頁 206。

⑮ 同⑪，頁 178。

⑯ 同⑬。

⑰ 李銘愛編著，《寫作縱橫談——散文》，臺北：文藝協會出版，1998 年 9 月，頁 50。

3. 現代小品文的特徵

現代小品文的特徵，主要有二：

(1)表現自我、態度自由

如李素伯曰：

> 自我表現為作品的生命，作者個性、人格的表現
> 尤為小品文必要的條件。[18]

余我曰：

> 第一是寫作態度的自由，它用不著你花多時間去
> 組織……思考……要談什麼，就談什麼……。第
> 三是自我的表現，因為大部分的小品文，都是由
> 於作者自己的生活實感，……大致總不出作者自
> 我的表現。[19]

(2)具有情趣、風致

如李素伯曰：

> 小品文是散文裡比較簡短而有特殊情趣和風致的
> 一種。[20]

---

[18] 見李素伯，〈什麼是小品文〉，《中國現代散文理論》，臺北：蘭亭書店，
　　 民國 75 年 10 月，頁 65。

[19] 同[13]，頁 22。

[20] 同[18]，頁 62。

朱肇洛曰：

> 小品文是散文裡比較簡短而有特殊情趣和作風的
> 一種。……須有特殊的情趣和風格。㉑

綜合以上現代小品文的性質、字數、特徵，可以說現代小品文是一種以抒情為主，文字從一兩百字到一兩千字，內容可以議論、敘事、寫景、抒情，不受任何限制的散文。與晚明小品的體製、抒發情感的性質，甚至自由、表現自我、情趣的特徵，是類似的。因此現代小品文可說是晚明小品的流裔㉒。而現代旅遊小品文即是晚明旅遊小品的延伸。因此，出於性情寫作，以一兩百字到一兩千字的字數來寫作現代旅遊之事，而有雋永、趣味，達到情、景、意、趣俱佳地步的散文，可以稱為現代旅遊小品文。現代旅遊小品文可以沿襲晚明旅遊小品的特色，殆無疑義。

三、現代旅遊小品文的寫作原則

現代旅遊小品文是晚明旅遊小品的延伸，因此參酌晚明旅遊小品的寫作特色、方法，擬出現代旅遊小品文的寫作原則：

㉑　見李寧編，《小品文藝術談》，北京：中國廣播電視出版社，1990 年 10 月 1 版，頁 296。

㉒　同⑥，頁 34。陳萬益言晚明「小品」的源流云：「民國以來，因為周作人、林語堂等人的提倡，『小品文』大為盛行，至今不衰。」

㈠要真實

　　寫遊記，不能全憑想像，必須自己去過，才可以寫出所見的山川形貌、旅遊愉悅的情懷，不可虛構㉓。

㈡要感情真摯

　　小品文的要素之一是感情真摯。寫作旅遊小品文不全然只是描景、記事而已，其中要抒發作者真摯的感情、心靈。這種感情是作者在對外界景物的知覺中，所形成的一種主觀如愛或美的感覺，將它抒發出來㉔。

㈢忌記流水帳

　　寫遊記不外乎描述人物、時間、地點、事物，但是切忌記流水帳。例如初學者作「春日遊某山記」，往往將上午某時出門，途遇某友，由何處上山，在何處休息，何處午餐，遊某寺、某洞，某時下山，怎樣回家等，一一列舉於短小的文字中，結果便成了一篇板笨的行事帳簿，當然沒有什麼趣味可得了㉕。

㈣選擇重點或題材

1. 選擇重點

㉓　參見張雪茵，〈怎樣寫遊記〉，《散文寫作與欣賞》，臺北：學生書局，民國 66 年元月初版，頁 20。

㉔　參考劉世劍主編，〈基礎理論知識部份〉，《文章寫作學》，臺北：麗文文化事業股份有限公司，1996 年 4 月初版，頁 93。

㉕　同②，頁 218。

　　寫遊記的重點，在一個「遊」字，也就是詳述到達目的地的暢遊，因此出發和回來可以大略敘述。尤其是寫小品文，字數有限，而旅遊如果可寫的事物太多，只須把握最值得、最精采的部分來記述就可以[26]。

2. 選擇題材

　　旅遊小品文，就是要在許多材料中揀出最精鍊的一部分去表現。譬如要寫一篇「阿里山遊記」，就不如取為「雲海攬勝」或「漫遊塔山」（兩者都是阿里山的勝景），因為前一題適宜作敘述或描寫文的題目，後二題才適宜作小品文的題材[27]。又如寫遊橫貫公路的風景，可只以太魯閣以內的燕子窩等地為範圍，描述其山巖聳立高空，龍蟠虎踞的景象[28]。小品文的材料與其取有系統的、整個的，不如取偶發的、斷片的。好像打仗，要用少數的兵抵禦大敵的時候，應該集中兵力，直衝要害，若用包圍式的攻戰法，就要失敗的[29]。

(五)感想與否的寫法

　　旅遊小品文的寫法，可以有感想、無感想兩種寫法。

1. 純記述見聞，不記感想

　　旅遊小品文，也是記事的散文。在記敘時，不論順敘或倒

---

[26]　參見蔡宗陽，〈遊記的寫法〉，《文燈——文章作法講話》，臺北：國語日報出版社，民國81年11月十一版，頁181–182。

[27]　同[13]，頁23。

[28]　見曾忠華編著，《作文津梁》，臺北：學人文教出版社，民國77年8月1日三版，上冊，頁262–263。

[29]　同[2]，頁218–219。

敘,可以抒發感想,也可以不必敘述感想,但是必須把握特色㉚。

2. 兼顧知性與感性

「遊記」應兼敘述遊覽見聞和感受。它大半表現感性,但也可以蘊含知性。知性包括知識(名勝、人文、地理)與思考(旅遊感想)。但上乘的旅遊應將知識與思想配合抒情與敘事㉛。例如晚明袁宏道的遊記小品,本於性情,亦往往兼具知性的陳述與感性的抒發;內容中,無論寫景、記事、抒情、議論,皆靈活運用㉜。

㈥要有識趣之心

晚明旅遊小品的特色,乃在雋永,富有韻、趣,文章情、景、意、趣俱佳。這是袁宏道以自我的角度來體察萬物,審視山水之美㉝所致。現代旅遊小品文亦應沿襲這個特色。旅遊是一件賞心悅目,美而有趣之事,在寫作時應該把這種韻、趣表達出來。所以在旅遊觀賞時,要有識趣之心。

㉚　同㉖,〈遊記寫法的實例剖析〉,頁183。

㉛　參見⑰,頁48。與參見吳當,〈法國的地標與榮耀〉,《遊山玩水好作文》,臺北:爾雅出版社,1999年3月10日,頁97。

㉜　同⑦,頁117。簡郁昕言:「在題材內容上,中郎的遊記小品豐富多樣,兼具感性知性。對山水的『動靜之美』、『色彩之美』、『嗅覺與聽覺之美』及『人文之美』,他多有深刻細密而又生動精采的描寫;內容上並能兼具感性的抒發與知性的陳述,寫景、記事、抒情、議論靈活運用,使自然山水與人文山水相映成趣,成為一篇篇情韻盎然的性靈之音。」

㉝　同⑦,頁88,簡郁昕曰:「這種以自我的角度來體察萬物,審視山水之美的態度,是中郎遊記小品的主要特色。」

㈦文字方面

1. 以白話文寫作

　　現代旅遊小品文，在寫作上應配合時代，採用白話文寫作，表達出雋永，富有韻、趣，情、景、意、趣俱佳的特色。

2. 文字簡潔

　　現代旅遊小品文的寫作，文字應簡潔，合乎文法，音節自然、順暢。

3. 注意遣詞、造句等

　　現代旅遊小品文寫作之遣詞、造句、修辭（如譬喻、誇張、摹狀、比擬）、謀篇布局等技巧，與一般文章之寫作，無何不同。

四、學生習作成果舉例

　　以下舉例之作，均為醒吾技術學院九四年入學四技觀光系學生一年級下學期之作品。

義大利之旅　　林安捷

　　踏上義大利這個美麗的國土，首先感受到的，就是和臺灣很不一樣的空氣，以及親切熱情的人民，果然和想像中沒有兩樣。

　　來到時尚之都米蘭，處處是設計精巧，別具創意的建築。街道上來來往往的遊客，無不紛紛拿起相機，留住美好的畫面。我也不例外。不過，讓我有點意外的是，生活在時尚之都的義大利人，穿著都不如印象中的正式，反而是很隨興的打扮。

或許是因為有拉丁血統吧！走在街道上，隨處可見的是帥哥與美女，也讓人不禁想一直在這兒住下去。

在明信片上常欣賞到的比薩斜塔，真正親眼看到，會令人情不自禁的與它合照。雖說是不小心蓋歪的，但是世界上能有幾棟建築物能和它一樣聲名遠播呢？據說，比薩斜塔每年都會再歪個幾公分呢！

浪漫的水都威尼斯，令所有人對她好奇的是，為何能將房子蓋在水上，而不會腐朽呢？有人說：「溼千年，乾千年，不乾不溼三五年。」這句話用來形容威尼斯的建築，真是再適合不過了！意思是指，木頭如果一直是溼的，便能維持千年不朽；若一直是乾的，也能千年不壞。但要是不乾不溼的，這木頭大概三、五年就腐朽了。而在威尼斯，主要的交通工具，就是船了。在這裡，是看不到任何的汽車或摩托車的。如果到了這裡，一定要坐坐 GONDOLA 搖櫓船，欣賞威尼斯的美好景致。

常在電視上看到的羅馬競技場，也是不容錯過的景點之一。壯觀的外表，令人嘆為觀止。只可惜時間不允許，只能望著外牆欣賞，不能入內感受它偉大的歷史歲月。

說明：

這篇文章雖是義大利之旅，但只重點介紹了米蘭、威尼斯、比薩斜塔三個地方而已。作者以其好奇的眼光、比較的觀察，充分呈現義大利的特色、美麗、趣味，詞采自然，令人感到賞心悅目。

不朽的宮殿——凡爾賽宮　　郭心媛

法國，首都巴黎，中世紀繁華的代表，讓人連想到紳士、淑女、美酒、嘉餚、別墅、花園、宮廷……，哇！多麼美麗輝煌呀！羅浮宮、凱旋門、巴黎鐵塔、凡爾賽宮，來巴黎必去到訪的觀光景點，怎不去看看呢！

凡爾賽宮——華麗的城堡，來到的途中，都有中世紀君主統治的錯覺，馬車、石板道路、瓦片樓房，時時刻刻讓你深歷其中。到達凡爾賽宮，聳立在面前的是一座聚奢華、繁榮於一身的宮殿。一步步走到後花園，一覽無際，根本看不到圍牆。心想：「天哪！好大！難怪還有小巴士在裡面繞。這只是個後花園，未免太大了吧！」想歸想，還是往前走去。花園四周被數十萬朵的鮮花包圍著，萬紫千紅，大多是玫瑰。中間有座巨大的噴水池，上面有細緻的石雕人像，花叢間也有各式各樣的石雕人像穿插在其中，更顯現其美麗奢華。

進入宮殿參觀，房間之多，不可細數。而且每間功用都不同。有些甚至有好幾個出口，如宴會廳、國王練劍室。還有的有暗門，如國王的房

間有密道通往皇后或情婦的房間，難怪會有金屋藏嬌的說法。殿內裝潢大多以紅色、金色為主；每間的燈飾是水晶吊燈，上面再鑲嵌上雕工精緻的寶石、鑽石；可說是金碧輝煌。殿裡第二多的就是鏡子，增加了寬敞感與舒適感，連牆上、桌上的鐘都是請工匠做成的，手工之細可以想見！

看得琳瑯滿目的，如沒有導遊的仔細介紹，我可能早就迷路了吧！加上聽了解說的歷史故事，更可痛心地感受到當時皇宮貴族生活的靡爛奢華，不知民間疾苦，以致說出沒麵包可以吃蛋糕如此不負責任、可笑的話來！此時，我的心在嘆息，對照著當時的華麗，真是諷刺呀！然而不可否認的，它的繁華，卻又在人們心中永存不朽。

說明：

這篇文章應是法國之旅，但作者只選擇了凡爾賽宮的遊歷來描寫，無論是宮廷建築、陳設、花園景觀，都有詞采美麗、有趣的陳述，充分顯現作者赤子般的識趣之心。最後作者亦有其人文的感想體會，饒有蘊藉。

綠島之旅　　梁玉琳

太陽剛升起，早上六點半，全家人準備由家中出發，到那大哥住的綠島觀光。從桃園出發到臺灣的東部臺東，一路上都在趕車，趕坐兩點的船。

這是我第一次坐船，心裡不由得緊張。當天

風速有七、八級左右，船搖得像海盜船般。我第一個想法就是：跳海！真怕下一秒就會與海共眠。

到了綠島，只有一個字可形容，「熱」！當下的我，汗流浹背。但是島上的風光明媚，湛藍的天空透徹明亮，蔚藍的海域環繞四周。島上的居民熱情歡迎我們，黝黑的臉龐露出兩排潔白的牙齒，十分可愛。

在島上，許多人都會騎上租用的摩托車環島一周。當身材短小的我，騎上重型一二五「馳騁」時，真是既緊張又刺激。

我們參觀了觀音洞。說真的，如果是晚上，我根本不敢踏進一步，陰森可怕，但看到那慈愛的觀音，害怕就不見了！後來在山上，我們看到「哈巴狗」和「睡美人」的異石，大家都驚嘆不已，感覺到大自然的鬼斧神工！晚上我們在室外泡海底溫泉，看著那無邊際的天空、明徹的月亮和閃爍的星星，真想一直睡在這裡。

「浮潛」，也是來綠島不可少的必要體驗。旱鴨子的我，漂浮在水面上，望著各式各樣的海底生物：珊瑚、水草、熱帶魚，好美！不知不覺，竟然想像自己是美人魚，忘情的放開救生圈，順著海水漂走，幸而很快就被抓了回來。

綠島曾與世隔絕，如今是觀光勝地，無法想像它舊有的落寞、悲淒。我們自由自在地在此活動、休閒，感覺十分愜意。當三天兩夜的行程結

束，要回臺灣的時刻，我們竟是依依不捨啊！

說明：

這篇旅遊的經歷，無論是綠島景物抑或活動的勝處，作者皆用其率真、好奇的筆觸，寫得熱情、有趣，內容豐富，修辭用語亦清暢、美麗。

九份之旅　　簡毓瑱

想起去年過年去九份玩，印象就非常深刻。冬天的九份，真的是十分的寒冷。山上的濃霧瀰漫，街邊賣的全是熱騰騰的小吃，以及各式各樣的手工藝品，我們在人群中穿梭瀏覽，非常有趣。

九份位於山區，綠樹叢立，進入其中，宛如置身森林一般。空氣新鮮，令人神清氣爽。它過去是金礦的開採區，現在是有名的觀光景點，每到假日都吸引了大批人潮和觀光客。九份的魅力，讓許多人都想見識。看到九份的人潮擁擠，我的心也熱了起來。

九份最有名的就是冷熱兩吃的芋圓和熱騰騰的紅糟肉圓。看到許多排隊的人群，就知道它的好吃。來此遊玩的遊客，都會多帶幾份回去給親人品嚐。

九份還有一個有名的地方，就是茶藝館。在裡面花一點錢買茶葉，就可以不限時間的泡茶享用，還提供茶具及小茶點。在充滿復古風味的古

厝裡泡茶，真的是一大享受。

　　九份是一個有趣又好玩的地方，我希望下一次還有機會來玩。

說明：

這篇文章隨著作者以我觀物的遊蹤，記述了九份的自然景物、人文風情、熱鬧人潮，文詞溫潤、清麗，內容可愛、有趣，流露作者無矯飾、自然的性情，雋永有味。

五、結　語

　　旅遊小品文，也是一種美文。不論在國內外旅遊，學生於行前，皆應做一些準備功課，了解旅遊當地之名勝、人文、地理等知識；到達時，也要仔細觀察、留意。當看到印象鮮明美好的景物、事物時，必定能喚起自己的美感或感情作用，而在寫作時，表達出情、景、意、趣俱佳，雋永的旅遊小品文。

　　學生的寫作，若在事先給予寫作主題原則詳細的解說與要求，學生應該可以掌握習作。且每人旅遊的地點不同，作品就呈現各地不同的風情；學生觀摩可以得到樂趣，寫作也有成就感。

　　小品文應表現作者的主觀感情和自然本性。雖然學生的人生體驗、思考、感情這些寫作的要素，因為年齡與學力的關係，不一定能深刻與兼顧，但是並不妨害其寫作。唯獨基於現代學生過去的國文、閱讀基礎，學生的遣詞用句、優雅文筆的表達能力，仍見良莠不齊。所以在訓練學生的大學寫作課程上，教師或課程設計者，如何可以仍兼顧提升學生國文與閱讀的這一

基礎，是值得注意的地方。

　　雖然小品文的字數以前面定義而言，體製可以少到一兩百字，但是為了讓學生有充分表達與練習的機會，還是不要如此過短。而小品文寫作雖也有文字雕刻的技巧，但還是應讓學生能以正確優雅的文詞達意㉞，保有寫作的興味為先才是。

㉞　鄭明娳言：「訓練一般人把意念清楚、明確、簡潔表諸文字，實在是當今語文教育的一大課題。」見夏丏尊、葉紹鈞著，《夏丏尊文學講堂》，臺北：書泉書屋，2004 年 2 月三版，頁 3。

柒 企劃書寫作能力指引

一、企劃書的定義

所謂的「企劃」，即是先有創意，並依據創意形成構想，再依構想轉為具體可行的步驟。

二、企劃書的格式

企劃書並無標準格式，每種類型的企劃書，都各自有其常見格式，是以要論及企劃書的格式，實不容易有標準樣式。然而，審諸各式的標準企劃書，則有其基本格式，究竟一份企劃書，應具備何種格式呢？在下文之中，筆者嘗試依照基本格式的內容，說明如下：

㈠企劃名稱

每個企劃書，都有一個特定名稱，而擬訂合適的企劃書名稱，將有畫龍點睛之效，從而提升企劃書的品質。

㈡企劃緣起

有關企劃書中的「企劃緣起」一項，乃是將整個企劃案形成的背景、構想，清楚而詳盡的敘述出來，使人們得知其構思的概念。每個企劃案的形成，一定有其特定的背景，而詳述其背景，對於企劃書設計的必要性，會有清楚而完整的認識，而

有助於進入整個企劃的情境。例如：聯電公司在成立之初，由
於晶圓片的生產良率不佳，往往汰除許多製作失敗的晶圓片，
平添成本的浪費。因此，如有提升產品良率的企劃案，必須針
對良率不佳的情形，詳盡的說明原因、背景，進而凸顯整個企
劃案的設計，實屬於必然執行的措施。其次，也應說明整個企
劃的構想，擬藉由研發人才的引進、國際技術的引進，或是研
發機構的升級等等，用簡潔的文句加以表達，使人們能了解其
重要性，進而肯定企劃書規劃的意義及價值。

(三)企劃目標

　　有關於企劃目標的擬訂，乃是說明企劃的執行目標，通常
企劃的目標，多為條列方式，依次論述之，至於論述的重點，
有「改進現況」、「提供展望」、「效能評估」等項，各項內容說
明如下：

　　第一，企劃案的目標，主要是為求改善實情況而設，換
言之，在企劃目標一項，必須針對現行狀況，提出一些改進的
方案，以便能有所作為。在「企劃目標」一項，必須思考此一
企劃案的提出，究竟能有何作用？尤其是針對現實弊病，應有
良好的規劃，例如：企業界的企劃書，往往針對如何降低成本
效益？如何改善人力結構，汰除冗員？如何提升毛利率，以刺
激獲利狀態？如何提高產品良率，以減少浪費等等，分別有研
發人員，提出專案的企劃，而這些企劃的目標，自然是希望能
夠為「改進現況」而努力，在企劃目標的擬訂上，尤應針對此
項內容立論，才能擁有積極的作為。

　　第二，每個企劃案的提出，都希望能讓生活變得更美好，

是以企劃案的擬訂，都應提供展望，以供執行成效的控管，例如：教育政策的擬訂，必須能有效達成預期的教育目標。否則，企劃相關法規，將失去其正面意義。社區活動企劃案的規劃，亦需以社區成員為考量重點，如何規劃一個重要企劃，藉以凝聚社區的整體意識，使社區成員之間，能保有良好的情誼，也能善用社區資源，以改造社區的文化，提升社區的生活水準，乃至於提升房價的措施等等，都會是好的企劃案，而這些企劃案的執行目標，必然是能提供良好展望。

第三，企劃案的提出，往往是不同政策的商議，現有企劃案的設計，必須更有效能，才能獲得主管的青睞，例如：全國路燈擬改以省電燈泡，惟標榜高亮度，低耗電的 LED 燈泡，造價較高，且汰換所需人力，是否合乎經濟效益，都需要正確評估。究竟全國路燈改換省電燈泡，能有效節省多少電費，也應一併評估出來，才能在提出這個更新路燈的企劃書時，獲得主管的賞識，更而按照規劃的行程，逐一完成相關工作，諸如此類的效能評估，必須出現在企劃目標之中，才能算是專業盡責的企劃案。

綜合上述所論內容，企劃書的企劃目標，乃是改變現況，進而能夠提供展望，使主管其事者，能對於此一企劃書的內容，投以正面的見解，進而採用相關設計與規劃。其次，一個專業的企劃目標，應能針對相似的規劃，有效評估計劃差異，利於獲得主管的賞識，進而肯定我們的努力。

(四)企劃執行時間

說明企劃案的執行時間，必須說明執行的起訖時間，例如：

「自95年6月～95年12月」，即表明此一計畫的執行，為期半年，而其起訖年月明確，以供時程的控管。

㈤企劃執行地點

說明企劃案的執行地點，此一主題的明示，將有助於企劃經費的評估、執行時間的設計等等，必須精確的指明地點。

㈥相關單位

包含指導單位、執行單位、承辦單位、協辦單位等等，而「指導單位」，通常是上級單位（或提供經費的單位）；而「執行單位」，則是負責全部企劃執行的統籌單位；「承辦單位」，則是負責業務執行的單位；「協辦單位」，則是配合業務執行的單位。因此，在企劃書的規劃方面，需要確實將分工精確化，而每個負責的單位、職掌，都必須清楚釐清、界定，才不會產生任何的問題。

㈦企劃內容

「企劃內容」的設計，是整篇企劃書的重點，每個重點內容的規劃，必須詳盡而清楚，故可採用條列方式陳述，使人們可以詳細了解實際內容。在企劃內容的規劃上，除了需要說明各項重點、構想之外，也應翔實評估人力、經費的動支，可獲得的經濟效益等等，使主管其事的人，能夠獲得最完整的訊息。企劃內容的撰寫，可以不受篇幅的影響，只要將整個企劃書的規劃，能夠完整確實的說明，即是好的企劃內容。

㈧工作流程

「工作流程」的規劃，乃是將企劃書的內容，逐一分成細項，並且統籌執行事項及日期，逐項說明各種工作流程的規劃。在此項企劃案內容的擬訂之時，應該逐一關照所有的工作細項，並注意到彼此之間的進行次第，以及預留部分時間，以免執行稍有不順，而延遲計畫的進程。其次，在工作流程的規劃上，最好能繪製「甘特圖」，將每個流程的內容、時間，逐一串連起來，使人們能夠清楚了解整個完成的步驟，進而控管每個流程的進度，使計畫能夠如期完成。

㈨預期成果

企劃書的「預期成果」一項，大抵應和「企劃目標」相合，惟應更精確的表達每個工作項目，所獲致的成效。換言之，應該根據前所述及的「工作流程」細項，逐一說明其預期成效，藉以鋪陳整體績效。通常「預期成果」一項，也多是採取條列式的表達，明確寫出各項工作的預期效果，讓主管能夠清楚掌握全局，進而評估企劃執行的可能效益。

㈩參與成員

企劃書的撰寫，必須明白標示主要參與成員（包含人名、職級），乃至於各自負責的工作等等，使人得知相關企劃書的主要人力，乃至於各自負責的業務，及業務之間的協調等等，都應在「參與成員」一項，明白標示清楚。

㈡經費概算表

　　每個企劃的執行，大都需要經費的挹注，才能完成整體的計畫，而經費的概算表，即凸顯相關經費的動支情況，使主管得以衡量經費的多寡，乃至於每項經費的合理情況，而酌情核撥經費。因此，經費概算表的規劃，除了能看出你對計畫控管的能力之外，也是獲得補助執行的關鍵所在，若是動支經費過於龐大，已超出成本所能負擔的支出，則此一計畫案縱使有所效益，也無法真正化為實質的行動。在經費概算表之中，大約包含「計畫內容（項目）」、「科目（細項活動）」、「單價」、「數量」、「金額」、「用途（或備註）」等項，若是整個企劃案，是向政府單位（或其他基金會等等）申請補助者，應該再加上「自款經費金額（即原單位自籌款）」，使人得知自己單位負責的經費為何？至於最後的總金額，也最好能夠統計清楚，使人更清楚整體的計畫經費，進而考量經費多寡，而決定是否將計畫付諸實施。

　　綜合上述所論內容，一篇好的企劃書，必須仰賴一個成功的編輯企劃，而當我們訂定專題企劃之時，編輯所需抱持的態度，是必須主動發掘問題，並將設計的構想，化為具體可行的步驟，使主管其事者，能夠依據企劃書內容，做出最後的決定，並將構想付諸實現。因此，企劃書的擬訂，對於商管人士而言，實屬必具備的知識，惟計畫書應隨設計重點的差異，而隨時調整相關格式項目，使其符合相關要求，而不宜全數應用基本格式，以免有所失落。

三、教案教學方法

㈠探討企劃主題

讓學生們分組討論，以擬訂校園、社區、職場方面，具有創意構思的企劃主題，例如：「舞動青春——大學迎新舞會企劃書」、「林口社區文化地圖的建構企劃書」等等，並選出最合適的企劃主題，予以嘉獎，再以此為基礎，主導學生將相關構想，具體落實成企劃書的內容。

企劃主題的擬訂，在於培養學生對於事物觀察的敏感度，要求學生能夠多閱讀、多思考，並且時時觀察周遭環境，一有靈感想法，即使是片斷的，也應馬上筆記創意內容，以養成專題企劃的能力。

㈡分析採訪範本

教師應就企劃書的內容，選擇合適的範本，以供學生們分析之用，並藉以學習前人特長，以為日後摹仿新作之用。

㈢依次完成分項

教師在教授企劃書的擬訂之時，宜分項讓同學們完成相關內容，從企劃名稱的擬訂開始，讓同學們學會擬訂精緻標題，並選出較具創意的標題名稱，予以嘉獎。其次，再逐項將構思具體化，使同學們得知整個撰寫過程，而能規劃出一個合適的企劃書內容。

㈣彼此觀摩作品

在企劃書完稿之後，可以運用分組討論方式，讓同學們了解彼此的企劃書內容，並從中分享作品的創意。其次，可讓同學們歸納出每篇企劃書的優劣，並且派代表上臺報告，再經由老師的提醒，使學生們對於企劃書的製作，能有更深刻的印象。

四、寫作練習

可由以下題目，擇一練習。

1. □□迎新舞會的編輯企劃
2. □□學生報的編輯企劃
3. 成立□□社團的編輯企劃
4. □□社區文化地圖的編輯企劃

捌 求職自傳寫作能力指引

一、求職自傳的定義

求職自傳的寫作，如同是廣告一樣，是對於個人的外在包裝，基本精神是「隱惡揚善」，是以應該儘量陳述自己專長及特質，才能獲得主管的青睞。在這個需要包裝自己的年代，如果不懂得包裝自己，則在踏入職場之前，必須比別人花費更多倍的力氣，才能獲得工作的機會。求職自傳的寫作，是時下求職者的必備文件之一，更是贏得面試的叩門工具，特別是自傳內容深具特色之時，將更有機會獲得面試的機會，可見求職自傳的寫作，實具有一定的影響力。

二、求職自傳的內容

求職自傳的寫作，要能以深入而自然的方式，來強化自己的獨特性，在未來的求職市場上，由於 M 型化趨勢愈加明顯，而缺乏特色的社會新鮮人，將很難獲得人事主管的賞識，是以強化自己的特色，變得極其重要。究竟求職自傳的寫作，應該寫些什麼內容，才能有效吸引人事主管的青睞，進而獲得良好的工作呢？在下文之中，筆者嘗試列舉一些寫作重點，以供讀者參考之用，說明如下：

㈠家世背景

　　自傳的書寫方式，並非「自白書」、「流水帳」式的表達，而人事主管對於你的生活瑣事，也並未有太大的興趣，是以在開始寫作自傳之時，不宜使用「我出生於……」等制式寫法，而這種「俗不可耐」的寫作方式，反而會加深人事主管的負面印象。因此，在表達家世背景之時，應該尋繹出個人的特色，惟有深具特色的表達方式，才能獲得主管的青睞，進而獲得工作機會。

　　一般人沒有顯赫的家世背景，那麼求職者在撰寫自傳之時，應該重視哪些要點，始能在眾多競爭者之中，得以脫穎而出呢？在下文之中，筆者嘗試舉出幾個表達的重點，以供求職者寫作的參考，說明如下：

　　第一，家世背景的寫作，往往是自傳全篇之首，而吸引人事主管的注意焦點，莫過於文字修辭的技巧。新生代的求職者，往往忽略語文表達能力，兼以電腦網路應用日漸普及，網友都習慣於片斷的表達方式，導致表達失序。如果求職者在撰寫自傳之時，能兼顧文采的表達，將使主管耳目一新，進而間接肯定你的專業能力。否則，如果連基本表達都有問題之時，更別論專業能力的養成，會具有何種重大的落差。其次，既然在求職自傳破題之時，宜兼顧文采的表達，是以不鼓勵運用過於刻板的內容，是以如出生籍貫、星座血型等等，諸如此類的寫作內容，只會浪費寫作篇幅而已，無益於工作的爭取。

　　第二，家世背景的寫作，應結合個人的人格特質，寫來的自傳內容，將別具特色，例如：一個出生於農家的子弟，可以

強調「刻苦耐勞」的人格特性；而出生於軍人世家的子弟，可以強調「服從紀律」的特質；而出生於清寒家庭的求職者，可以強調具有生命韌性，乃至於勇於挑戰的特質，如此一來，可使家世背景的陳述之中，能讓主管間接肯定你的人格特質，進而欣賞你的各種表現。

第三，家世背景的撰寫，宜結合個人的志向，例如：出生於教育世家的子弟，對於百年樹人的教育事業，容易湧起求職的興趣。如果父母親都是商場人士，子弟對於商場企業的工作，自然會較有概念，諸如此類的強調，可使主管對於你的表現，可能會有較好的印象。

綜合上述所論事項，家世背景的陳述，並不會因為有顯赫背景與否，而影響到每個求職者的機會，重點在於如何掌握要點，能以主管的徵才眼光，來強化自己的家世背景，才能有效求得一份工作。

㈡求學經歷

簡要的敘述求學的經歷，例如：畢業或肄業於哪些學校？何種系科？參加過什麼比賽？曾經得過哪些獎項、證照？曾經參與的實習、打工、社團等經驗，最好能藉由這些敘述，以強化自己的特色，以及增加競爭實力，至於寫作的具體要求如下：

第一，撰寫求學經歷之時，宜避免流水帳式的介紹，若是在學期間，曾經參與過眾多社團，或係有多種工讀、實習等經驗，宜統一歸類，並慎選重要內容加以介紹。

第二，寫作的重點，應擺放在自己的付出與收穫，例如：大學期間，曾花費若干時間，和教授之間討論專業報告的寫作，

並且得到良好的成績，甚至於曾將撰寫的論文報告，發表在正式刊物上；或係將論文報告，參與全國性實務專題競賽，並獲得名次等等，藉以強調自己的研發能力。惟有在求職自傳之中，強調自己的努力與付出，並且在付出辛勞之後，所獲得的成果，才更有論述的空間，也才能獲得主管的賞識。

第三，撰寫求學經歷之時，宜挑選特殊經歷，並輔以實際例證，使人感受到你的表現之外，也能具體呈現出個人特色，切勿用泛論性的陳述，只是強調自己具有領導統御能力；或是具有面對困難的勇氣，卻沒有任何實例輔證，則寫來的內容，將會因為沒有任何特色，而難以吸引主管的目光。

第四，在論述求學歷程之時，應注意到專業精緻化、深入化，惟有具有夠專業的辦事能力，才能獲取主管的信賴，例如：現在大學畢業生，都知道考取證照的重要性，也積極在學校期間，努力考取各種的證照。然而，若是考取的證照，都只是初級的證照，則縱使擁有十數張的普通證照，也很難保證會有好的工作。反之，若是考取的證照，是屬於較高階的證照，例如：會計師、律師等等，則縱使只有一張的證照，也將較容易爭取到合適工作。因此，在專業分工制度之下，宜重視專業能力的呈現，而非羅列一般證照，即能獲得良好的工作。

綜合上述所論，求學經歷的表達，須兼顧多元化、專業化的表現，如果在大學就學期間，都只是浪費時間在玩樂方面，或是埋首書堆，而忽略與他人相處，則縱使擁有專業能力，也未必能獲得主管的青睞，是以如何規劃豐富而專業的大學生活，將是大學生的重要課題，以免「巧婦難為無米之炊」，縱使擁有良好的寫作能力，卻因為大學生活單調、貧乏，而難有寫作題材。

㈢個性志趣

在現代多元社會之中，完全憑藉專業技能，或許能為自己贏得工作機會，但是要能達到成功的表現，絕不能只具備專業技能的條件，而忽略與同事相處的和諧。換言之，專業技能固然屬於重要條件，但並非絕對的條件，一個人若是擁有專業的技能，卻與同事相處之中，處處有著各種紛爭，則此人在企業組織裡，絕對會是大家討厭的對象，如此一來，主管縱使有心拔擢此人，卻礙於整體環境的關係，而會多所顧忌。主試者在晉用員工之時，自然會關心其個性及才華，是以應徵者在求職自傳的擬訂，必須著重於自我個性的剖析，兼及論及個人志趣，才能迎合主管的喜好，而有助於得到工作機會。

大凡涉獵廣泛的人，較容易獲得成功的機會，除了專業技能之外，應徵者的才藝愈多，愈能有助於人際的溝通，例如：外語能力、樂器、攝影等能力，將有助於與他人建立良好關係，而公司同事之間的相處，也會更加愉快。其次，溝通能力、EQ、創造力、領導統御等能力，也是主試者關注的議題，是以陳述此類特質或表現，也將有助於獲得工作機會。

㈣現況展望

在求職自傳結束之前，應該平實的評估自己的能力，並綜整自己的嗜好、專長、優點，乃至於人生觀等等，藉以加深主試者的印象。其次，也應該就自己的未來規劃，提出一些個人的展望，使主試者能對自己的努力，留下一個良好的印象。又如果能對於應徵單位加以讚揚，並對該公司的發展，能有高度

的信心，並且表達加入該公司的決心，如此一來，將使主試者
有深刻的印象，而有錄取的機會。又在個人展望方面，宜表達
進修專業技能的意志，或是表達考取專業證照的決心，而不宜
表達要進入學校深造，並以考取研究所為職志，以免對方評估
商業效益之後，而會自動放棄此類的應徵者。

綜合上述所論四項，乃是求職自傳的重要主題，若能依據
上述所論要點，逐一寫出具有個人風格的求職自傳，則錄取工
作的機會，將大為增加，也惟有掌握寫作要領，並能表達出個
人的人生觀、個性、嗜好，乃至於未來目標、理想等等，才算
是好的求職自傳。

三、寫作注意事項

撰寫一份好的求職自傳，能夠有效行銷自己，讓自己獲得
主管賞識，進而得到工作機會。然而，究竟應該如何撰寫一份
好的求職自傳？則需要注意到如下幾點：

㈠凸顯特質，展現企圖

一份好的求職自傳，必須凸顯個人特質，每個人都有自己
的特色，而如何讓主管青睞，進而給予工作機會，是求職自傳
的最高指導原則。一個人的競爭能力，要仰賴平日的努力，方
能逐步累積而成，若是平時過於怠惰，未能好好充實自己，而
在應徵工作之時，勉強擠出一些內容，是無法感動公司主管，
進而錄取我們。因此，身為大學生的年輕族群，應儘量充實自
我實力，惟有堅強的實力後盾，才能在競爭激烈的就業市場之
中，得以脫穎而出。其次，在寫作求職自傳之時，不能因為要

凸顯個人特質，而刻意造假，以免縱使得到工作，也無法勝任相關工作，最後仍落為被淘汰的命運。

又所有的公司主管，都希望取用企圖心強烈的人才，而在求職自傳之中，必須適度展現強烈的企圖心，才能吸引主管的目光，進而給予表現機會。當然，在展現企圖心的同時，宜注意分寸，若是過度誇大，沒有節制，則易給人反感，自然也難有表現機會。

(二)寫作流暢，關照細節

現代年輕的族群，往往不習慣於文字表達，是以寫出來的自傳內容，易於出現口語化的傾向，甚至粗俗字眼，或是「火星文」式的表達語法，也就夾雜而出，諸如此類的表達方式，也就難以獲得主管的肯定。若是寫作求職自傳之時，內容不妥，或係文法不正確，甚或錯字連篇，則此類的自傳內容，自難有其成效。因此，若是害怕自己的自傳內容，會有諸多錯誤，可以在投遞自傳之前，先請師長親友閱讀之後，再給予建議，則能有效避免不必要的缺失，而能收致實效。若是自己的文筆稍差，則切忌付錢請人代筆，以免寫出來的內容，千篇一律，而缺乏感動人心的元素。

在求職自傳的寫作之中，宜特別注意關照細節，例如：自傳內容之間，不宜出現前後矛盾的情形，也不宜出現錯別字，甚至有文句不通之弊。其次，自傳內容之中，切忌內容重複，也應重視各段的寫作重心，應力求一致，甚至重視排版的美觀與否，以免寫出來的作品，有著各種的錯誤，而錯失得到工作的機會。此外，若在事前即對於某些公司進行深入了解，並根

據公司的發展及特色，能有精闢的分析，則更能吸引主管的目光，也惟有凡事關照細節，才能將一篇自傳的短文，寫出讓主管驚豔之作，進而獲得工作的機會。

㈢內容精簡，善用實例

求職自傳的寫作，內容宜力求精簡、確實，一個公司主管在應徵人才之時，往往需要看數百篇的應徵函，若是每篇自傳的寫作，都是長篇大論，則主管根本沒有時間、心力，來應付相關的工作量。因此，一個優秀的自傳內容，需要把握寫作重點，強力行銷自我，而自傳的字數，約略在五百字至一千字左右（以兩頁以內為限），過多的文字內容，反而會令人生厭。

又自傳內容力求精簡，但不表示可以敷衍了事，許多的求職者在寫作自傳之時，為求精簡文句，多會利用一些空洞的形容詞，例如：強調自己擁有領導統御的能力，或係具有團隊合作的精神，甚或擁有面對問題的處理能力等等。然而，上述這些意念，實屬較為抽象的文句，縱使寫下這些內容，也無法讓人了解你的實力。因此，若能多用實例，以實際的案例，來表達自己的相關特質或能力，則較能吸引主管的重視，是以舉例證之，也考驗自己的寫作能力，當求職自傳之中，附有相關實例證之，則相關形容詞的意念，也就顯得更為具體，而深具參考價值。

㈣電腦打字，裝訂整齊

所有的求職自傳，應以電腦打字為主，而現代電腦業已普及化，若是寫作之時，仍用手寫方式行之，則顯得不切實際，

且各人筆跡差異極大，甚至有筆跡潦草之失，若是使用手寫的自傳，反而會增添主管壓力，進而降低自己的分數。

又所有的求職資料，最好能裝訂整齊，再加上封面，而非直接以訂書機裝訂。雖然到影印店膠裝資料，會增加一筆金錢的負擔，但是在眾多應徵者的資料之中，若是自己的求職資料，能夠裝訂整齊，則使主管多些關注眼神，或許這短短的數秒鐘，將使主管對你的求職資料另眼相看，而能為你贏得工作機會。

綜合上述所論諸項，一份求職自傳的寫作，若是多注意一些細節，將有助於工作機會的爭取，實不宜等閒視之。現代年輕的族群，往往率性而為，但是求職一事，事關自己未來發展與表現，宜慎重看待之。

四、教案教學方法

在「求職自傳」單元之中，旨在使讀者了解求職的基本要求，而教師在教學過程之中，可以有如下的設計：

㈠討論求職方向

每個學生的系科不同，且相關工作互異，學生未必確知未來的求職方向，而透過分組討論的方式，可使學生深切了解未來的求職方向，以備因應相關需求，好好規劃大學的學習生活。透過學生彼此的討論與分享，選出他們普遍認知最好的工作項目，並說明所持的理由，而教師則應視討論情形，導正學生的價值偏差，使他們能有正確的觀念。

㈡探討求職條件

　　每個人都有潛在特質，而求職自傳的撰寫，旨在凸顯個人特色，是以如何協助學生了解自我，並了解求職的若干的條件，將是教師教授此一課程的關鍵。本課程的授課對象，主要是針對大學新鮮人，而面對大一的新生，他們具備的專業技能較為薄弱，縱使有些同學在高職時期，能夠考取一些證照，而這些初階的證照，實未足以應付未來挑戰，甚至許多的大學新生，對於未來的工作，需要具備何種條件，都還是一知半解，若是教師能適度引導學生分組討論，協助學生認清職場的需求，使他們得知求職的必備條件，則將有助於確立自傳的寫作要點，至於具體討論內容如下：

　　第一，請根據未來工作的方向，擬訂重要的求職條件為何？是學歷？技能？經驗？語文？電腦？證照？還是其他條件？請說明如何累積這些條件方能具有較高的競爭力。

　　第二，請找出班上考取最多證照的學生，並讓他分享考取的經驗與心得，且加以表揚他的表現，也期許學生能在未來大學生涯之中，能夠把握時間，考取更專業證照，以應未來求職的需求。

　　第三，整理學生考取的證照種類，提醒其他未考取證照的同學，能夠有一個努力的方向，更提醒已有證照的學生，能朝向更專業化的證照前進，以為日後求職的保障。

　　透過分組討論的方式，可使同學們有效掌握職場方向，進而確立進入職場的條件，而透過表揚在證照方面有優異表現的學生，使學生能有效法的對象，將是此項教學設計的重點。

㈢擬訂生涯規劃

以分組討論的方式，要同學們針對大學四年的學習生活，擬出合適的進修計畫，並選出最合理可行的小組，給予加分的鼓勵。其次，透過生涯規劃的討論，可使學生對於未來的學習，能有正確的努力方向，也能懂得善用個人時間，充實自我的技能，以應付未來職場的挑戰。

㈣彼此觀摩作品

在求職自傳寫完之後，亦可以運用分組討論的方式，讓同學們了解彼此的自傳內容，並從中分享彼此的成長經驗。其次，讓同學們歸納出每篇自傳的優劣，並且截長補短，從中掌握求職自傳的要點，以供大學四年生涯規劃的參考，至於同學們分組討論的內容，需派同學代表上臺報告，再經由老師的提醒，使同學們對於求職自傳的撰寫，能有更深刻的印象。

綜合上述所論各項，其中㈠、㈡、㈢諸項，可視授課時間的多寡，而決定是否開放討論，而各項討論的時間，也應嚴格管控，才能達到較好的效果。其次，第㈣項的內容，則應開放較多時間，使同學們能彼此觀摩作品，並從中吸取成長經驗，而透過教師的引導，也能使同學們好好規劃學習生活，並能勇於面對未來挑戰。

玖　作業形式

　　寫作課當然是不斷讓學生從事寫作鍛煉，本書以上各個寫作能力指引後面多半都附有學生的作品，這些都是學生在課堂中創作出來的，不過除了此類作業外，授課教師可以選擇其他的作業形式讓課程更多樣化。一般來說我們可以有以下幾種形式來豐富課程：

一、期刊

　　從學生作品中，選取值得讓同學參考的文章，找幾位電腦編輯能力強的同學組成編輯小組，定期出版同學寫作的文章，引起的課堂迴響將會超過授課教師的預期。以下為期刊範例，請自行參考設計符合自己課程的版面型態：

二、摺頁

在學校中有些系科,需要培養學生能製作簡單的宣傳摺頁,這時新世代學生的強項便可運用到此種作業上,此項作業包括影像、圖片、文字的組合,讓同學在資料中學習重點之擷取、學習資料之取捨,培養製作宣傳摺頁的能力。

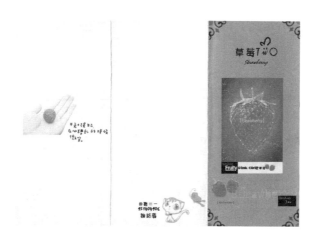

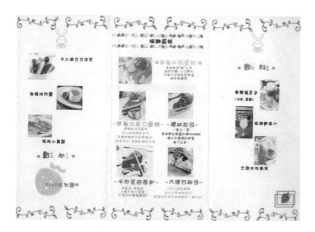

📖 三、小冊

　　除了宣傳摺頁以外，整組作業可以採取編製小冊子（小書）的方式，現今的大一學生在中小學時都製作過小書，寫作教師可以選擇主題讓學生編製一定頁數的小冊，個人建議以四十至

五十頁左右為基準，例如觀餐學院的同學可以編製旅遊手冊，文學院同學可以編製作家小傳，讓同學學習編製手冊過程所需掌握的資料蒐集、資料選擇、文字圖案編排、組織分工等等。

(1)

(2)

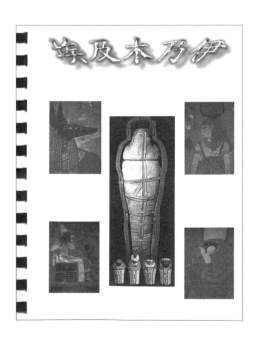

木乃伊的由來

　　據說早在「第一時代」的賽璞一太比(賽璞就是指「時間」，太比就是指「第一」)其第一任國王一奧西里斯(Osiris)被弟弟賽斯(Seth)害死以後，奧西里斯的妻子艾西斯(Isis)和妹妹奈芙提斯(Nephis)用繃帶把被賽斯剁成十四塊的奧西里斯屍體組合回去，奧西里斯因而重生復活再度執政，開啟了木乃伊的前例。

　　而後遺體被製成木乃伊，是死者指望能在死後「變成」奧西里斯，雖然在埃及有很多的無神論者和不可知論者，但是絕大多數的埃及人還是深信有一個至高無上的神，最後審判之日，也在死時終將到來。

　　對古埃及人來說，復活和再生之神奧西里斯與獵戶座(三顆顯著的帶狀恆星)密不可分，在奧西里斯死後，一代代王朝的法老們都想進入獵戶座旁的天域，但僅僅是至達奧西里斯那兒就已非易事。因為人們相信到達天域之前，惡魔會不停地侵擾、更何況還必須穿過由兩條

－ 4 －

木乃伊的製造

　　古代埃及人開始嘗試以人為方法保存屍體乃起源在王朝前時期，埃及人在沙漠中挖掘淺坑，埋葬他們的親人。炎熱、乾燥的砂粒很快吸收屍體的水分 而形成天然的乾屍。後來埃及人開始修建墳墓，卻反而失去天然的乾燥作用。但是依照他們的信仰，屍體必須保存，於是他們開始尋找保存屍體的方法。

　　在第一王朝或王朝前時期的末期，出現屍體局部用亞麻布包裹，再塗以松脂的墓葬，這是木乃伊的濫觴，而真正取出內臟後製作的木乃伊，首次出現在古王國時期的第五王朝(2494~2345BC)。經過不斷的嘗試、改進，發展已趨成熟，完整的木乃伊製作技術在新王國時期。

　　古希臘的歷史學家(Herodotus)在公元前五世紀訪問埃及時，曾經描述過製作木乃伊的情形。當時在古埃及有一批人專門以製作木乃伊為職業，他們掌握技術，代代相傳。製作木乃伊有三種不同的程序，價格也不同(窮人連最便宜的都付不起)。近代的埃及學學者和醫生合作進行了很多對木乃伊的解剖和電腦斷層掃

－ 8 －

(3)

三貂嶺2-1

聖地三貂嶺

　三貂嶺為雙溪、貢寮兩鄉古時之總稱，

　也有傳說，在西元1626年西班牙與葡萄牙人航海抵達台灣東北角時，遠遠看到此地與聖地牙哥很相似，當地人便據發音將此地命名為『三貂角』（ㄍㄡ、），後來又變成『三貂嶺』。

　北迴線與平溪線會在此分為兩條線，左邊鐵路為北迴線；而右邊的鐵路線，將帶領我們深入平溪的的精髓中。

三貂嶺2-2

山洞中的鐵路

　當有人問，平溪支線景致最美的路段是哪？

　一定就是『三貂嶺』到『大華』的路段了。雖然只有一站之隔，其間卻含納了五個隧道。

　這段鐵路總長只有三點五公里，站在洞口，總會挑起人們一探究竟的衝動。

　緊連著隧道的是依山傍水的壯觀景色，鐵道橋下，潺潺流水的驚險畫面一閃而過，如此感觀真令人有著無比的視覺享受。

9

十分4-1

十分特別的車站

　　十分村意指早期該村有十戶人家，而且作物在收成時都要分成十等份，所以有十分村的由來。

　　這是平溪支線裡最熱鬧的一站，火車道兩側均是商家，街道與車軌融和的景觀非常特別。

16

十分4-2

鐵道散步

　　十分的街道非常特別。

　　從車站下站後，沿著鐵路走過去，只見鐵路竟然大剌剌地穿過房舍間；大部分的商家均陳列在鐵道兩旁。如此特別的景緻，使此地飄散著一種想像空間。

　　據十分人說，以前火車進站時速度會很慢，頑皮的學生都是一到自家門口就紛紛跳下車，倒楣不幸被家人或鄰居看到了，都會被教訓一頓。

　　由此可看，十分人與火車的關係是相當密切的。

17

望古5-1

沒有人的望古

　　望古原名慶和車站，民國五十七年設立，當時已為招呼站。鐵路上面的橋墩是以前煤礦吊橋的遺跡。

　　望古似乎意寫著「萬古留芳」，事實上，此村的村名乃起源於一場慘劇臭稱；望古其實是台語「亡礦坑」轉音後加以美化後的結果。

　　如此介於鐵路和基隆河之間，站牌孤零零地矗立在月台上，更顯望古車站之落寞。

20

望古5-2

灰窯溪

　　出望古車站後，穿過馬路，往右平邁走，約二十分鐘即可到達此地。

　　灰窯溪亦附有相當豐富的壺穴地型。

　　位在半山腰的灰窯溪瀑布，水質清澈，有許多魚蝦悠游其中，許多意外發現此地的遊客，均不禁起了童心，紛紛捲起衣褲下水。

　　只是需要特別小心水深處可能會有水蛇出沒。

21

(4)

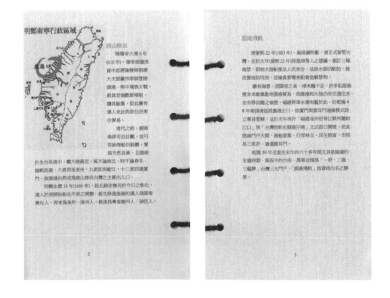

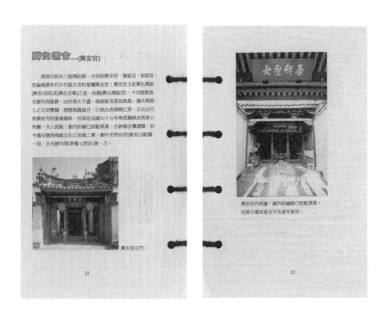

四、部落格

　　目前許多的大一學生，在入學前均已有個人部落格，寫作教師可比撥出一二堂課，將同學部落格分享給所有人欣賞，除了刺激創作欲望外，也可互相觀摩，提升寫作能力。

如是我聞

　　國語文教學一般來說，可以分成三個不同的層次：語言層次、文化層次與思維層次。

　　在小學階段，國語文教學著重於語言層次，所以授課重點在讓學生認識字形、讀音、聲調、詞語，因此正確的讀音、筆劃、筆順、造詞、造句都是學習的焦點。從理論上來說，小學畢業就應已掌握國語文的基本溝通能力，可以生活無礙。如果你的外語能有國外小學畢業的程度，那你也能運用外語而溝通無礙。實際上臺灣目前大學的外語教學，仍在語言層次擺盪，難以提升。

　　當我們年齡漸長，進入了國、高中，基本溝通能力已不敷需求，因為我們希望用字更精確、用詞更典雅、言談要有內涵，這些語言層次已無法提供，因而邁入文化層次。至於什麼是文化層次？許多小孩在學習國語文時，都會出現這樣的對話：「你們大人如何如何，我們小人如何如何。」大人們聽到這樣的對話，多半莞爾一笑然後糾正其用詞。語言層次的學習是「類推」，知道了「大」就會類推出「小」，所以從「大人」類推出「小人」。但文化層次的學習是「積累」，唯有認識「小人」是「君子」的相對鄙夷詞，才會改「小人」為「小孩」。

　　到了大學，國語文教學的重點轉為思維層次，不再

僅是文化的積累而已。思維層次的學習在「好奇」，擁有一顆好奇心就會自行探索未知的領域，《論語》說孔子「入太廟，每事問」，因為孔子好奇而追根究底，學問才能快速增長。君不見小孩學習說話過程中，有一段時間開口閉口都是「為什麼？為什麼？」，因為好奇所以學習得快；不過小孩的好奇僅是皮相式的置疑，不易自行探索來龍去脈。然而大學生若失去了好奇心，不但不願獨立自主去探索未知的領域，就連皮相的置疑都嫌煩。授課教師應給予學生好奇的時機與空間，課程只是觸媒、酵素，激發學生的好奇心才是目的，因為那是培養學生獨立自主探索未知世界、建構自我價值觀，形成個人見識的必經過程。

因此我們可以這樣說：語言層次學的是常識，文化層次學的是知識，思維層次學的是見識。

寫作是思維層次的運作，寫得越多越能了解自己，自我生命也越能清楚定位。

高光惠

參考書目

一、書籍

1. Natalie Goldberg 著，韓良憶譯 (2002)。心靈寫作。臺北：心靈工坊。
2. Natalie Goldberg 著，詹美涓譯 (2007)。狂野寫作。臺北：心靈工坊。
3. Rick Wormeli 著，賴麗珍譯 (2006)。教學生做摘要。臺北：心理出版社。
4. 卞孝萱、朱崇才譯注 (2006)。新譯柳宗元文選。臺北：三民書局。
5. 王立群 (1996)。中國古代山水遊記研究。開封：河南大學出版社。
6. 王柯平 (1993)。旅遊審美活動論。臺北：地景企業股份有限公司。
7. 王鼎鈞 (1982)。作文七巧。臺北：吳氏圖書公司。
8. 朱光潛等 (2001)。名家談寫作。臺北：牧村圖書有限公司。
9. 李素伯 (1986)。中國現代散文理論。臺北：蘭亭書店。
10. 李淑雲、段心儀、姚瓊儀、莊湘芬 (2006)。作文輕鬆學。臺北：三民書局。
11. 李漁 (1977.1)。閒情偶寄。臺北：廣文書局。
12. 李銘愛編著 (1998)。寫作縱橫談——散文。臺北：文藝協會。
13. 李寧編 (1990)。小品文藝術談。北京：中國廣播電視出版社。
14. 何琦瑜、吳毓珍 (2007)。教出寫作力。臺北：天下雜誌出版社。

15. 吳承學 (1999)。晚明小品研究。南京：江蘇古籍出版社。

16. 吳當 (1999)。遊山玩水好作文。臺北：爾雅出版社。

17. 余我 (1993)。文學與寫作技巧。臺北：國家出版社。

18. 林文月 (1978)。讀中文系的人。臺北：洪範書店。

19. 林明進 (2003)。創意與整合的寫作。臺北：國語日報。

20. 林雙不 (1985)。大學女生莊南安。臺北：前衛出版社。

21. 范曉雯、郭美美、陳智弘、黃金玉 (2001)。新型作文瞭望台。臺北：萬卷樓。

22. 夏丏尊 (1981)。文章講話。臺北：大漢出版社。

23. 夏丏尊、葉紹鈞著 (2004)。夏丏尊文學講堂。臺北：書泉書屋。

24. 袁宏道撰、錢伯城箋校 (1981)。袁宏道集箋校。上海：上海古籍出版社。

25. 陳少棠 (1982)。晚明小品論析。臺北：源流出版社。

26. 陳智弘、陳嘉英 (2009)。悅讀飛行：現代散文選讀。臺南：翰林出版社。

27. 陳萬益 (1988)。晚明小品與明季文人生活。臺北：大安出版社。

28. 陳黎 (1999)。貓對鏡。臺北：九歌出版社。

29. 張高評主編 (2004)。實用中文寫作學。臺北：里仁書局。

30. 張曉風 (1981)。曉風小說集。臺北：道聲出版社。

31. 張雪茵 (1977)。散文寫作與欣賞。臺北：臺灣學生書局。

32. 彭大翼 (1986)。山堂肆考。臺北：臺灣商務印書館。

33. 曾忠華編著 (1988)。作文津梁。上冊。臺北：學人文教出版社。

34. 曾國藩 (1964)。曾文正公日記。臺南：大東書局。

35. 裴小楚 (1940)。習作的方法。臺北：世界書局。

36. 愛亞 (1987)。愛亞極短篇。臺北：爾雅出版社。

37. 楊鴻銘 (2001)。語文表達寫作能力要覽。臺北：建宏出版社。

38. 瘂弦 (1981)。瘂弦詩集。臺北：洪範出版社。

39. 葉維廉 (1997)。樹媽媽。臺北：三民書局。

40. 廖玉蕙 (2007)。文字編織。臺北：三民書局。

41. 劉世劍主編 (1996)。文章寫作學。臺北：麗文文化事業股份有限公司。

42. 劉熙載 (1964)。藝概。臺北：廣文書局影中華民國十六年丁卯十二月印本。

43. 蔡宗陽 (1992)。文燈——文章作法講話。臺北：國語日報出版社。

44. 鄭寶娟 (1996)。遠方的戰爭。臺北：三民書局。

45. 蕭蕭 (1993)。在尊貴的窗口讀信。臺北：九歌出版社。

46. 蘇軾撰，查慎行補註 (1986)。蘇詩補註。臺北：臺灣商務印書館。

二、期刊、論文

1. 2007 年親子天下專刊。天下雜誌。頁 33–34。

2. 李忻蒨、何琦瑜、林玉珮等 (2007.9.6)。清大人文社會學系主任蔡英俊：什麼是寫作力。天下雜誌。頁 74–81。

3. 李雪莉 (2007.9)。用網路科技玩寫作。天下雜誌。頁 126–130。

4. 何琦瑜 (2007.9)。學會學習從閱讀開始。天下雜誌。頁 50–55。

5. 吳怡靜 (2007.9)。中國掀起少兒讀經熱。天下雜誌。頁 23。

6. 吳怡靜 (2007.9)。搶救被忽略的寫作力。天下雜誌。頁 30–35。

7. 吳錦勳 (2007.4)。愈寫，愈聰明。商業周刊。頁 84–92。

8. 林玉佩 (2007.9)。體檢國語文教育：時數不足，教法凌亂。天下雜誌。頁 68–73。

9. 陳至中 (2007)。全民中檢預試學子文學不佳。中國時報。

10. 陳至中、石文南 (2007)。BBS 貼文長了沒人看。中國時報。

11. 陳萬益 (1977)。晚明性靈文學思想研究。臺灣大學歷史研究所博士論文。

12. 曹淑娟 (1987)。晚明性靈小品研究。臺灣大學中文研究所博士論文。頁 19。

13. 楊正敏 (2007)。台灣學生課外閱讀表現差。聯合報。

14. 楊佳玲 (2007.9)。瑞典：我思故我寫──無處不寫作。天下雜誌。頁 36–39。

15. 楊宗翰 (2007)。重視標點符號。聯合報。

16. 謝其濬 (2007.9)。作家白先勇：閱讀文學是一種情感教育。天下雜誌。頁 242–244。

17. 顏擇雅 (2007.9)。如何培養言有序、言有物的能力？。天下雜誌。頁 132–137。

18. 簡郁昕 (2007)。性靈與山水的邂逅──袁中郎遊記小品研究。臺灣師範大學國文研究所碩士論文。

19. 龔鵬程 (1996)。遊人記遊：論晚明小品遊記。中華學苑。第 48 期。

推薦閱讀

階梯作文1(二版)
邱燮友等　合撰

練拳的人，要先學蹲馬步；打籃球的人，要先學運球、傳球；學習寫作，也必須接受基本的語文訓練。在這本書中，我們將作文基本訓練，分成三階段來進行：上卷由遣詞造句到謀篇立題，是基礎的認識；中卷談速寫、改寫、短文、日記等，是進階訓練；下卷分別介紹記敘、論說、抒情等各類文體作法，並討論綜合作法和大考作文。由淺入深，引領您窺究作文奧祕。

階梯作文2
邱燮友等　合撰

高中階段的作文，不同於以往，在閱讀的累積和學思的增長上，需有更進一步的訓練和要求，這也是學子能否進入文學創作與欣賞殿堂的重要關鍵。

本書著眼於此，特別從「作者基本素養」、「作文內容構思」、「遣詞造句技巧」和「謀篇布局方法」等四方面，以二十五講子題，詳為解說引證，條分縷析，是學生提升作文能力的最佳指導。書後並附有「升大學應考作文攻略」，讓您能養兵千日，用在一時，得意考場。

應用文(修訂五版)
黃俊郎　編著

應用文是針對特定對象、事件及目的而作的文書，具有時效性與現實性，並且使用一定的格式及專用的術語，不同於其他文章可以隨興所至或自鑄新詞。

本書針對一般常用的應用文加以分章說明，並依照最新「公文程式條例」及「文書處理手冊」修訂公文、會議文書等章節，旁徵博採多種範例，深入淺出地為讀者介紹應用文的專用術語及寫作原則。不但可以作為認識應用文的入門書籍，其詳贍的解釋及貼近生活的事例，更是寫作應用文時的最佳參考。

修辭散步(增訂二版)

張春榮　著

當什麼事情成為一種「專業」、一種「學術」時，就漸漸與一般讀者疏離。修辭學的發展正是如此。文字之所以能產生美感，修辭扮演了很重要的角色。但如果只談「修辭學」，又無異將一般讀者推到文學欣賞的門牆之外。

在這個兩難的局面下，張春榮教授以豐富的學養、嚴謹的編寫態度，架構了一條文學步道，邀您散步其中，自然領略修辭搖撼心靈的力量。

台灣現代文選新詩卷

向陽　編著

詩不只是語言的凝鍊、靈感的揮灑，也是意識的宣揚、社會文化的鑑照。本書以台灣新詩發展的導覽興圖為經，百年來詩人的作品為緯，輔以深入的賞析與解讀，凸顯出台灣新詩發展的繁複根源，以及詩人風格的多樣表現。不只是當代台灣新詩文本的呈現，也是一本有意藉詩再現台灣歷史與社會形貌的詩選。以詩記史，以史鑑詩。期望在文本互為對話，互相辯證之下，連帶交織出近百年來台灣歷史發展的複雜布紋，反映出當代台灣社會共有的感覺結構與想像。

台灣現代文選散文卷

蕭蕭　編著

本書選錄的作家涵蓋琦君、阿盛、鍾怡雯等老中青三代，共三十二家；所書寫的主題，或記錄個人與家國歷史，或陳述人生哲理，或抒發個人情感，呈現出散文的多樣面貌。編者蕭蕭為知名散文家兼詩人，有豐富的教學與寫作經驗，他期望本書成為「台灣現代散文是從生活現實的寫真到生命境界的提升」的見證。因此，這不僅僅是一本現代文學的教材，更是一本引領一般讀者欣賞現代散文的最佳讀物。

文字編織──讓寫作變容易的六章策略

廖玉蕙　著

怎樣才能讓文字乖乖臣服於筆下，是令許多人頭疼的問題。面對生活中頻繁使用文字的機會，又該如何學習，才能在寫作上獲得顯著的進步呢？

知名作家廖玉蕙女士親自撰寫這本《文字編織》，將她多年來獨門的創作經驗與您分享。書中介紹許多實用可靠的寫作「小撇步」，只要細心研讀，你我都能成為「文字編織」達人！

神探作文──讓作文變有趣的六章策略

林黛嫚、許榮哲　著

What（是什麼）、Why（為什麼）、How（如何做）、else（反之如何）四個辦案步驟如何和寫作扯上關係？如何利用辦案步驟寫出一篇好的作文呢？

本書的主角福爾摩斯接到德文郡警長的邀請，請他到德文郡來解決一件奇案。隨著案情越來越離奇，福爾摩斯面對這些懸疑難解的問題，竟然採用「作文」這個武器來與歹徒周旋！到底福爾摩斯如何利用寫作技巧來破案呢？快翻開《神探作文》，跟著福爾摩斯，一起當個「作文神探」吧！